통일은 경제다
-이제는 통일시대

통일은 경제다

−이제는 통일시대

초판 1쇄 발행 2014년 3월 5일
개정판 1쇄 발행 2014년 3월 20일

지은이 이인제
펴낸곳 북앤피플
대 표 김진술
펴낸이 맹한승
디자인 페이지트리

등 록 313−2012−117호
주 소 서울시 마포구 신촌로 196−1 이화빌딩 502호
전 화 02−2277−0220
팩 스 02−2277−0280
이메일 jujucc@naver.com

ISBN 978−89−97871−11−7 03810

"이제는
통일시대"

통일은 경제다

| 이인제 지음 |

북앤피플

밝아오는 통일의 아침

통일은 불가능한가? 아니다. 통일은 가능하다. 우리는 분열과 통합의 연속이 곧 역사라는 사실을 잘 알고 있다. 우리 민족도 예로부터 분열과 통일의 과정을 되풀이하였다. 지금 우리가 고통스러워하는 이 분단은 20세기 냉전이라는 국제정치의 산물이다. 하지만 똑같은 원인으로 분단되었던 베트남, 예멘, 독일은 우리가 보는 앞에서 이미 통일을 이루지 않았던가. 우리는 통일이 가능하다는 확신을 잠시도 잊어서는 안 된다.

통일은 저절로 이루어지는가? 아니다. 저절로 이루어지는 통일은 없다. 분단을 허물고 통일 체제를 구축하는 데에는 정신적, 물질적 에너지가 요구된다. 그 에너지가 크면 클수록, 강렬하면 강렬할수록 이루어지는 통일의 빛도 크고 강렬할 것이다. 그러므로 우리는 통일을 향해 한걸음씩 끈기 있게 노력해야만 한다.

통일은 지도자들 사이의 합의로 이루어지는가? 아니다. 통일은 대중들의 열망과 헌신으로 이루어진다. 우리 민족 구성원들이 통일을 열망하고 분단의 벽을 허물 때, 통일과정은 진행된다. 대한민국은 시대의 변화를 수용하며 진화한 결과, 가장 자유롭고 희망 넘치는 사회를 만들었다. 그러나 북한은 고립과 폐쇄의 길을 걸어 가장 억압받고 빈곤이 지배하는 사회가 되었다. 북한의 진정한 주인은 바로 북한 주민일 것이다. 이들과 함께 우리 민족 구성원이 낡고 병든 체제를 극복하는 것이 역사의 순리이다.

통일의 미래는 어두운 것인가? 아니다. 통일의 미래는 밝고 희망에 가득 차 있다. 박근혜 대통령의 새해 기자회견에서는 '통일은 대박이다'라는 화두가 나왔다. 이는 참으로 정확하고 의미심장한 선언이다. 통일은 냉랭하고 부정적인 이미지로 포장된 의제에 머물 수 없다. 통일은 흥겹고 따뜻하며 행복한 의제이다. 통일비용 역시 사라지는 분단비용과 다가올 혜택에 비하면 상대가 되지 않는다. 통일은 우리 민족뿐만 아니라 이웃 나라, 나아가 인류사회 모두에게 거대한 축복이 될 것이다.

통일을 빨리 하게 되면 그만큼 비용과 고통이 클 것인가? 아니다. 통일은 빠를수록 좋다. 빠른 통일이 비용을 최소화하면서 고통도 짧게 끝낼 수 있다. 분단이 길어질수록 남북 간의 격차는 더 벌어지고, 통일의 장애물은 더 광범위해질지 모른다. 그 이상으로 비용과 고통은 커질 수밖에 없다. 따라서 우리는 통일의 발길을 늦추면 안 된다. 통일은 미래의 가능성이 그 본질이다. 통일이 빠를수록 그 가능성은 더 크게 열리게 마련이다. 통일은 우리의 활동 영역을 한반도 뿐만 아니라 동북아시아 대륙으로 확장시켜 줄 것이다. 특히 우리 경제는 저성장의 협곡에서 빠져나와 대★성장 시대로 접어들게 될 것이 분명하다.

나는 철이 들면서부터 우리 민족이 분단 상황에서 살고 있다는 사실을 받아들일 수 없었다. 섬보다도 훨씬 더 열악한 조건을 왜 감수해야 한단 말인가. 나는 정치를 하면서 한순간도 통일을 잊어본 적이 없다. 그래서 작년 5월 뜻을 같이 하는 분들과 함께 '한반도통일연구원'을 설립하여 통일로 가는 실천적 정책과 전략을 연구하기 시작했다. 동시에 전국의 대학을 돌면서 강연에 열중하였다. 놀라운 사실은 젊은이들이 오히려 통일에 무관심하고, 장래에 관하여 비관적인 생각을 갖고 있다는 것이다. 통일이 젊은이들에게 가장 절실한 일자리와 새로운 활동 공간을 열어줄 것인데도 말이다.

그러나 이제 통일의 여명이 밝아오는 것을 온 몸으로 느낀다. 우리에게 냉전을 강요하던 국제질서는 오래 전에 해체되었다.

그나마 껄끄럽게 남아있던 것이 중국과 북한의 전통적 동맹관계였다. 하지만 중국의 한반도정책은 본질적으로 변화하고 있다. 중국은 어느 사이 일본을 추월하여 강대국(G2)이 되었고, 유엔 안보리 상임이사국이 되었다. 대한민국과의 긍정적 이해관계는 기하급수적으로 팽창하였다. 이에 비해, 북한과의 이해관계는 부정적으로 하강하였다. 북한의 핵개발이 결정적인 이유일 것이다. 이제 중국은 대한민국이 주도하는 한반도통일을 받아들일 수 있을 만큼 여건이 성숙되었다고 나는 확신한다.

북한 주민들 또한 서서히 통일을 결단할 비등점을 향해 나아가고 있음이 틀림없다. 우리는 여기에 힘을 실어주어야 한다. 북한 군부는 장성택 세력을 요란하게 숙청하였다. 마치 화산 폭발과 같은 무자비한 숙청의 충격이 남긴 결과는 명확하다. 북한체제에 남아있던 최소한의 균형이 무너지고 있다는 사실이다. 앞으로 그 균형을 회복할 세력이 성장하기도 어렵게 되었다. 브레이크 없이 폭주하는 자동차에게 어떤 운명이 기다리고 있을까?

우리는 통일의 아침을 열어가야만 한다. 저절로 오는 아침이 아니기 때문이다. 1989년 11월 동독체제가 무너졌을 때, 서독의 집권 기민당과 콜 수상 정부가 얼마나 기민하게 서독 국민들의 통일 의지를 모으고, 동독 주민들의 결단을 끌어냈으며, 나아가 승전 4개국의 승인을 얻어냈는지를 잊지 말아야 한다. 독일민족의 피와 땀과 눈물은 1990년 10월 3일 마침내 통일독일을 지구상에 올려놓았다.

나는 늘 통일을 꿈꾸어 왔다. 오랜 세월, 통일의 열정으로 각종 매체나 인터넷 홈페이지에 올린 글들을 이 책에 실었다. 그동안 한반도정세가 너무 빠르게 변화하여 지금 읽기에 감각이 떨어질 수 있고, 또 학문적 접근이 아니어서 서로 충돌하는 논리도 있다는 전제 아래 편하게 읽어주시기를 바란다.

사실, 나는 현장 정치인으로서 학문적 배경이나 전문성이 떨어지는 사람이다. 다만, 통일에 대한 열정과 고민에 있어서는 누구에게도 뒤지고 싶지 않을 뿐이다.

혼자 꾸는 꿈은 그저 꿈에 불과하지만, 만인이 꾸는 꿈은 곧 현실이 된다고 하였던가. 이 책이 우리 모두 함께 통일을 꿈꾸는데 작은 도움이 되었으면 하는 간절한 마음으로 부끄러움을 무릅쓰고 이 책을 출간하기로 하였다.

끝으로 한반도통일연구원의 김경웅 박사와 독일통일 전문가인 김동명 박사를 비롯한 전문가들께서 자문과 도움을 주신데 대해 깊은 감사를 드린다.

2014년 2월
대한민국 국회에서
이인제

제 10 부 동트는 통일 광장에서 쓰는 통일 이야기

제 1 부

통일의 소명 앞에 서서

분단체제 안에서 시장의 한계로 고통을 받는 한국 국민들에게, 기아와 압제로 고난에 처한 북한 주민들에게 통일은 재앙이 아니라 거대한 축복이 될 것이다. 일부에서 힘들고 고통스러운 통합과정을 두려워하지만, 통일이 빠르면 빠를수록 통합의 진통 또한 짧고 가벼워질 것은 당연한 이치이다.

1
시대적 소명

어느 나라 어느 정권이든, 그 정권에게는 시대가 요구하는 명령, 이른바 소명召命, mandate이 있게 마련이다. 이승만 정권은 건국의 소명을 받들었다. 박정희 정권은 산업화를 통해 가난의 굴레를 벗어 던지라는 소명을 성공적으로 받들었다. 김영삼 정권은 문민화를 통한 민주주의 정착을, 김대중 정권은 민족화해를 통한 한반도 냉전 해체를 시대의 소명으로 받들었다. 노무현 정권과 이명박 정권은 어떤 소명의식을 갖고 국가를 경영했는지, 객관적으로 확인할 길이 없다.

미국에서 대통령이 되고자 하는 사람들은 예외 없이 시대적 소명이 무엇인지를 밝히고 정권을 잡아 헌신한다. 링컨은 노예해방 문제로 분열의 위기를 겪고 있던 미국을 구했다. 프랭클린 루스벨트는 대공황을 극복하고 전체주의가 도발한 전쟁으로부터 민주주의를 지켜냈다. 닉슨은 베트남전쟁의 수렁에서 미국을 건져냈고, 카터는 도덕성의 위기를 해결했다. 레이건은 리더십의 위기를 극복하면서 소연방을 해체하여 지구상의 냉전을 종식시키는데 성공했다.

무릇 한 정권의 성공여부는 얼마나 투철한 소명의식을 갖고 있는지, 그 소명을 얼마나 헌신적으로 받들었는지에 달려있다고 본다. 소명의식이 투철할수록, 헌신의 강도가 높을수록 정권은 당대에 격렬한 비난과 저항에 직면할 수 있다. 그러나 역사는 소명을 받든 정권만을 기억할 뿐, 적당히 허송세월을 보낸 정권을 기억하지 않는다.

백범白凡 김구 선행의 '나의 소원'은 그 당시 시대적 소명을 여실히 보여주고 있다. 1947년 12월 일제日帝의 침탈에 맞서 선생이 직접 쓴 글이다. 선생의 간절한 소원은 첫째도, 둘째도, 셋째도 "우리나라 대한의 완전한 자주독립"이었다. 나는 이 시대의 소명은 바로 통일이라고 본다. 남북 분단이라는 질곡을 넘어 통일을 이루는 일이야말로 완전한 자주독립과 선진국가로 가는 길이라고 굳게 믿어 의심치 않는다.

2
통일을 말하는 대통령

지난 대선과정을 되돌아보자. 매체들은 대선 1년여 전부터 예비주자들에 관한 기사를 생산해내기에 바빴다. 연일 주자들에 대한 각종 여론조사 수치가 대대적으로 보도되었다. 주자들의 인터뷰 기사가 가끔 보이기는 했지만, 정치 일선에 있는 나로서도 각 주자들의 주장에 어떤 차이점을 찾기 힘들었다. 미국에서도 11월에 치러질 차기 대통령선거를 향한 예비선거가 한창이었다. 그러나 미국의 경우 차기 민주당 대통령후보가 거의 확실시 되는 오바마 대통령과 공화당 예비후보들 사이의 여론조사는 보도되지 않았다. 대신 공화당 예비주자들 사이에 치열한 토론이 끝없이 펼쳐지고 있었다.

국민은 주권자로서 누구를 대통령으로 선출하기 전에 그가 누구인지, 어떤 생각을 하고 있는지를 알아야 한다. 미국과 달리 이미지 경쟁이나 인기몰이식으로 대선을 향해 달려가는 우리 현실이 안타깝기만 하다. 심지어 정치권 밖의 한 인물이 여론조사에서 압도적 1위로 대서 특필되고 있었다. 그의 정치적 비전이나 포부가 공개된 일은 내가 아는 한 전무全無하였다. 기성 정치에 대한 분노, 그로 인한 정치적 허무주의가 뭉게구름처럼 확산되는 현실을 부정하자는 것은 아니다. 그러나 허무虛無로써 허무주의를 극복할 수는 없는 노릇이다. 대선에 뜻을 두는 사람들은 자신의 정치적 비전과 포부를 밝히는 일에 과감히 나서야 한다. 매체는 그들의 정치적 실체를 국민에게 알려 진정한 여론의 형성을 도와야 할 것이다.

그러나 당시 예비주자들의 입에서 적극적으로 통일을 말하는 사람이 없었다. 참으로 놀라운 일이다. 말은 하지 않지만, 그들 가슴속에 통일에 관한 담대하고 절실한 인식은 존재하고 있었을까. 그러나 여의도 정치현장의 많은 정치인들이 통일에 관해 갖고 있는 의식 수준을 놓고 보면, 예비주자들의 침묵은 통일에 대한 무시無視이거나 무지無知의 범주를 크게 벗어나지 않았을 것으로 보인다. 당시 이명박 대통령이 이런 말을 한 것으로 기억한다. "통일은 도둑처럼 불시에 찾아 올 것이다." 잠을 자는 주인은 도둑을 잡을 수 없다. 이와 마찬가지로 통일에 관한 소명의식 없는 정권은 홀연히 통일의 기회가 찾아오더라도 그 기회를 잡지 못하고 흘려보낼 가능성이 높다.

박근혜 대통령은 '한반도 신뢰 프로세스'와 '동북아 평화협력 구상'을 발표하면서 궁극적인 통일의 비전을 제시하였다. 장성택 숙청 등 북한 정세가 급변한 직후에 가진 신년기자회견에서는 "통일은 대박이다"라고 정의하였다. 통일의 미래에 관하여 소극적이고 부정적인 기류가 지배하는 우리 사회를 향해 던진 대통령의 이 화두는 통일의 새벽을 알리는 종소리와 같다고 말할 수 있다. 긴 대선과정을 관통하던 경제민주화와 복지확대 논쟁을 뛰어넘어, 이제 거대한 통일담론이 봇물을 이루게 되었다.

3
알렉산더 그리고 콜럼버스

 기원전 4세기 동방원정 길에 오른 마케도니아 왕 알렉산더는 소아시아(오늘의 터키지역)의 도시 고르디움 안에 있는 제우스신전에서 이른바 고르디우스 매듭 앞에 서게 되었다. 이 밧줄의 매듭을 푸는 자가 동방을 지배한다는 신탁神託이 무려 400년 동안 전해 내려왔지만, 아무도 풀지 못한 난해難解한 매듭이었다. 알렉산더는 거침없이 그 밧줄을 칼로 내리쳐 풀어버렸다. 그리고 예언 그대로 그리스문화와 오리엔트문화를 융합시킨 헬레니즘문화의 대제국을 건설하였다.

 콜럼버스는 아메리카 신대륙을 발견한 탐험가이다. 그는 누울 줄만 알지 설 줄 모르는 달걀을 세울 수 있느냐고 질문하였다. 누가 달걀을 세울 수 있을 것인가. 그러나 콜럼버스는 탁자 위에 달걀의 모서리를 깨트려 세워버렸다. 그는 영국이 동쪽 바다를 향해해 인도대륙을 발견했으므로, 서쪽으로 나아가면 지구가 둥글기 때문에 인도대륙의 서쪽에 도달할 수 있다고 믿었다. 이 믿음 하나로 목숨을 건 항해 끝에 마침내 그는 미지의 신대륙을 발견할 수 있었다. 그는 죽을 때까지 그 땅이 아메리카 대륙이 아닌 인도의 일부로 알았고, 그래서 지금도 그가 도달한 섬들은 서인도제도라 불리고 있다.

　통일은 과연 풀 수 없는 고르디우스의 매듭인가. 통일은 진정 세울 수 없는 달걀인가. 냉전체제에 길들여진 의식과 논리로 바라보면 통일로 가는 길은 보이지 않을 것이다. 그러나 20년 전, 이미 지구상의 냉전은 사라졌다. 한반도에 잔설殘雪처럼 남아있는 냉전을 녹일 용기와 열정만 있다면, 알렉산더가 매듭을 끊고 제국을 건설했듯이, 콜럼버스가 달걀을 내리쳐 세우고 신대륙을 밟았듯이, 우리 민족은 통일이라는 새로운 세상을 열 수 있을 것이다.

4
방치되는 북한 인권

인권이야말로 인류 보편의 가치이다. 인권은 한 나라 안의 문제에 그치지 않는 국제정치 문제이다. 그래서 세계는 북한 인권문제에 많은 관심을 기울인다. 하지만 정작 대한민국은 북한 인권에 대해 믿지 못할 정도로 냉담하다. 우리 헌법상 북한 주민은 명백히 우리 국민에 속한다. 헌법이 추구하는 최고 가치는 인권이다. 국가는 국민이 인간으로서의 존엄과 가치를 누릴 수 있도록 하기 위해 존재한다. 북한에서 정치범수용소에 수십만 명이 갇혀 참혹한 학대에 시달리고, 국경을 탈출하는 주민들이 사살되는 등 생명의 위협에 직면하고 있다는 소식이 귀가 따가울 정도로 들린다. 그런데 국회에 제출된 '북한인권법안'을 마냥 잠재우고 있는 우리 정당과 국회의원들은 부끄러운 줄도 모른다.

튀니지에서 촉발된 재스민 혁명은 아랍세계 전역으로 확산되었다. 이 혁명으로 국민을 억압하던 튀니지, 이집트, 리비아의 낡고 병든 독재정권들이 차례로 무너졌다. 재스민 혁명의 성공을 뒷받침한 국제사회 개입의 명분은 다름 아닌 인권이었다. 그 어떤 정권도 국민의 인권을 유린할 수 없다. 폭압적 권력에 저항하는 국민을 살해하거나 압제와 기아饑餓에 시달리다 못해 국경을 탈출하는 국민에게 총을 쏘는 행동은 반인륜 범죄이다. 이는 곧 국제사회의 제재에 직면하게 된다.

1990년대 중반부터 북한주민들의 고난에 찬 탈출행렬이 시작되었다. 대부분 중국을 통해 탈출하고 있는 이들의 목적지는 한국이다. 그러나 중국은 이들을 체포하는 대로 북한에 송환하였다. 송환되는 사람들에게는 어떤 운명이 기다리고 있을 것인가. 이런 현실을 눈으로 보면서도 역대 정권은 침묵했다. 탈북자를 한국에 보내라고 중국에 딱 부러지게 요구하고 설득하는 정권이 없었다. 탈북주민들의 인권은 곧 대한민국의 문제이며, 국제사회는 이들에 대한 반인륜 범죄를 저지할 권능을 갖고 있다. 중국에 대한 우리의 요구는 정당하고, 중국 또한 인권에 대한 국제사회의 시선視線과 압력으로부터 자유로울 수 없다.

통일 전 서독은 동독 탈출주민들을 적극적으로 포용해, 통일 직전 그 인원이 100만 명에 이르렀다. 1989년 9월 30일 당시 서독 외상 겐셔Hans-Dietrich Genscher는 프라하에 있던 탈동독주민 6,000명을 특별열차를 이용해 한꺼번에 입국시키기도 했다. 줄잡아 탈북자가 30만 명이 넘는 오늘, 한국에 들어온 사람은 고작 26,000명 남짓이고, 그나마 그들을 포용하는 정책이 소극적이어서 불만이 높아지고 있다. 정부는 앞으로 목숨을 걸고 탈출한 주민들을 강렬한 의지로 포용하는 정책을 추진해야 한다. 신성불가침한 탈북주민들의 인권을 뜨겁게 포용하는 일로부터 통일의 문은 열릴 것이기 때문이다. 탈북주민들이 대한민국의 품에서 잘 사는 것이야말로 미리 해보는 통일 연습이다.

5
통일비용이라는 허상(虛像)

아직도 빠른 통일에 대한 거부감 또는 부담감을 느끼는 사람들이 많다. 갑자기 통일이 되면 대한민국이 사회, 경제적으로 그 충격을 흡수하지 못하고 큰 재앙을 맞지 않을까 두려워한다. 막대한 통일비용을 감당하기 어렵다는 것이 대표적이다. 이명박 전 대통령이 통일의 담론談論으로 기껏 통일세를 꺼내는 것만 보아도 통일비용에 대한 시각을 알 수 있다. 지금까지 나온 통일비용 연구결과를 보면 그 규모는 약 3,000억 달러에서 3조 달러에 이른다. 한마디로 객관적 기준이 없다. 또한 통일비용에는 강제성이나 의무가 있을 수 없다. 우리의 능력 범위 안에서 조달하면 된다는 이야기이다. 그러면 누가, 왜, 통일비용이라는 공포를 만들어 우리 국민의 통일 의지를 약화시켜 왔을까.

1998년으로 기억한다. 서울 프레스센터에서 열린 통일 관련 국제 심포지엄에서 당시 주한 독일대사 폴러스Klaus Vollers가 기조연설을 통해 이런 말을 하였다. "왜 한국 사람들은 통일비용을 두려워하는지 이해할 수 없다. 독일의 경우 통일비용이라고 할 수 있는 것 가운데 95%는 동독지역에 대한 정부의 인프라 건설과 민간 투자이며, 5% 정도가 동독주민들에 대한 사회복지비 지출이다. 아직 한국의 복지수준은 높은 편이 아니므로 독일처럼 복지제도를 1:1로 통합하더라도 큰 부담이 되지 않을 것이다." 나는 폴러스 대사 앞에서 직접 이 말을 들었고, 지금도 또렷이 기억하고 있다. 공공인프라 건설이나 민간투자는 비용이 아니라 투자로서 많으면 많을수록 좋은 일이지 부담일 수 없다. 통일비용에 대한 공포는 통일을 반대하는 우리 내부의 냉전세력이나 통일을 방해하려는 외부 세력이 만들어낸 허상에 불과하다.

실제로 통일비용을 말하는 사람들은 사라질 분단비용은 말하지 않는다. 통일은 곧 분단의 해체를 의미하는데, 분단으로 인해 강요되던 막대한 비용이 사라질 것은 의문의 여지가 없다. 그리고 그 비용이야말로 실체가 있는 비용이다. 또한 통일의 지평은 우리나라에 상상을 초월하는 새로운 기회를 가져다 줄 것이 틀림없다. 한반도가 하나의 시장으로 통합되고, 압록강, 두만강 넘어 옛 만주지역과 몽골, 그리고 극동 시베리아 지역과의 경제협력은 강화될 것이다. 그렇게 되면, 논의만 무성한 두만강 삼각주 개발과 환동해 경제권의 부

상이 현실화되는 것은 시간문제이다.

　이렇게 사라지는 분단비용이나 얻게 될 새로운 기회에 관해서는
침묵하면서, 객관적 기준이나 의무도 없는 통일비용을 내세워 통일
열망에 찬물을 끼얹는 행동은 기만欺瞞이자 위선僞善이다. 이제 우리
정부는 통일비용에 대한 두려움을 떨쳐버리고 국력을 키우면서 통
일에 대한 미래를 설계해야 한다.

6
흡수가 아닌 합류(合流) 통일

이제 우리 정부나 국민은 흡수통일이라는 개념의 유희遊戲에서 벗어나야 한다. 독일통일 직후부터 북한 지도부는 대한민국을 향해 독일식 흡수통일을 도모하지 말 것을 줄기차게 요구하였다. 북한의 이 요구에 긍정적으로 응답한 것이 김대중 정권이었다. 그 이후 우리 사회에서 독일통일은 흡수통일이며, 한반도 통일은 남북 당국 간의 대등한 합의에 의해서만 가능할 것이라는 인식이 지배하게 되었다. 그러나 이 인식에는 중대한 오류가 있다.

먼저 독일의 통일은 흡수통일이 아니다. 흡수는 일방이 다른 일방을 종속적으로 통합시키는 것을 말한다. 그러나 독일의 경우, 동독 주민들은 공산당체제를 붕괴시킨 후, 직접선거를 통해 새로운 의회를 구성하고 데메지에르Lothar de Maiziere 과도정부를 출범시켰다. 1990년 8월 23일 동독의회는 400표 가운데 294표의 찬성을 얻어 그때까지의 공산당통치를 불법화하고 동독을 서독기본법에 편입시키는 역사적 결정을 내렸다. 이렇게 독일통일은 동독 주민들의 주권적 결단, 서독과의 통일조약 그리고 전승 4개국(미국, 소련, 영국, 프랑스)의 동의를 거쳐 민주적으로 이루어진 것이다. 서독이 일방적으로, 또 강제력을 동원하여 동독을 흡수한 것이 결코 아니다. 서독이 동독을 흡수하여 지배종속관계에 두었다면, 통일 16년 만에 동독출신 메르켈이 통일독일의 수상이 되고, 22년 만에 동독출신 요아힘 가우크가 통일독일 대통령이 될 수는 없었을 것이다.

다음으로 통일은 분단체제 두 지도부의 담판만으로 이루어지지 않는다는 사실이다. 이는 예외 없는 역사의 경험이며, 독일통일이 이를 다시 보여주고 있다. 동독주민들이 분단을 고집하는 체제를 무너뜨린 후 통일이라는 주권적 결단을 내렸고, 새로 구성된 동독의회와 과도정부가 이 결단을 실천에 옮긴 것이 독일통일과정이기 때문이다. 동독의 주인이 공산당이나 체제엘리트들이 아닌 동독주민이었고, 통일이라는 주권적 결단의 주체 역시 당연히 동독주민일 수밖에 없었다는 사실을 잊지 말아야 한다.

남한강과 북한강은 양수리에서 만나 하나가 된다. 파주 교하에서 한강과 임진강이 만나 하나가 된다. 하나가 되어 더 큰 강을 이루는 것일 뿐, 서로 어디에서 흘러온 물인지 묻지 않는다. 또 거기에 무슨 지배와 복종의 관계가 있을 리 없다. 이렇게 두 물줄기가 합류合流하듯이 이루어지는 것이 통일이다. 독일통일도 굳이 정의定義한다면 흡수통일이 아닌 합류통일이다. 실제로 독일에서는 자신들의 통일을 흡수라고 부르는 사람이 없다. 한반도 통일도 남과 북의 주인인 국민의 결단에 의해, 마치 두 개의 강이 합류하여 하나가 되듯 평화롭게 이루어질 것이다. 통일의 마당에서 차별과 보복이 없어야 함은 물론이다.

정부는 남과 북의 우리 국민, 더 넓게는 해외동포를 포함하는 민족구성원 모두가 통일을 결단할 수 있도록 여건을 조성하는 일에 나서야 한다.

7
중국이라는 변수(變數)

통일을 논의할 때 의외로 중국 변수를 말하는 사람들이 많다. 대체로 중국이 한반도 통일을 반대하는 것이 아니냐는 생각을 갖고 있고, 심지어 중국이 반대하면 통일이 불가능하다고 믿는 사람들도 적지 않다. 한반도통일에 관하여 중국이 어떤 생각을 갖고 있는지 그 속내를 정확히 알기는 쉽지 않다. 중국 내부도 복잡하고, 한반도를 둘러싼 중국의 이해관계도 계속 변화하기 때문이다. 한때 중국 지도자들은 한반도 통일에 관하여 중국, 홍콩처럼 두 체제가 공존하는 소위 일국양제─國兩制 방식을 말하기도 했다. 그렇지만 적대적인 두 체제가 하나의 지붕 아래 공존하는 통일이 가능하지 않다는 것을 인식해서인지 최근에는 그런 말을 잘 하지 않는다. 북한도 더이상 고려연방제 통일방안의 선전에 열을 올리지 않는 것 같다. 한반도 통일은 하나의 체제 아래 통합하는 것을 지향해야 한다. 이 과정에서 중국이 한반도 통일에 관하여 민감하게 이해관계를 계산하리라는 것은 쉽게 내다볼 수 있다.

한반도 통일은 우리 민족의 신성한 권리이다. 어떤 외국도 통일을 반대하거나 간섭할 권리를 갖지 못한다. 이 점은 독일의 경우와 확연히 다르다. 독일은 패전의 대가로 분할되었고, 통일을 하기 위해서는 전승 4개국의 동의를 얻게 되어 있었다. 그러나 한반도는 전쟁의 책임이 있을 리 없고, 오직 냉전이라는 동서대결 결과로 분할되었다. 따라서 통일에 관하여 어떤 외국의 동의를 얻을 필요가 없다. 물론 중국은 한국전쟁 때 북한을 도와 참전했고 휴전협정의 당사자로 서명하였다. 게다가 중국은 러시아처럼 공산주의 체제를 해체한 것이 아니라, 그 정치체제는 아직도 공산당 일당체제를 유지하고 있어 북한과의 정신적 유대가 완전히 단절되었다고 보기 어렵다. 그렇다 하더라도 북한의 주인은 북한 주민이고 그들이 통일을 결단하면, 중국이 이를 가로막을 어떤 근거도 없다.

나는 중국이 한반도 분단의 고착固着보다 통일이 중국의 이익에 더 부합한다는 사실을 잘 알고 있으리라고 생각한다.

실제로 2001년 5월 서울을 방문한 중국의 전 총리이자 당시 전인대 상무위원장 리펑李鵬이 의미심장한 말을 하였다. "하나의 민족이 인위적으로 분단되어 오래 가는 것은 좋지 않다. 한반도가 통일되면 한민족뿐만 아니라 이웃 모든 나라에도 이익이 될 것이다." 이 말은 언론에도 공개되었다. 그 후 10여 년 이상 한반도의 주변 정세는 변했고, 중국도 변했다. 어느 사이 중국은 미국과 더불어 세계를 움직이는 G2가 되었다. 미국과의 갈등도 확대되고 성급하게 신新 냉전을 말하는 사람까지 생겼다. 그러나 이런 정세변화에도 불구하고 한반도 통일이 중국의 이익에 부합한다는 사실은 불변不變이다. 북한이 미국을 견제하기 위한 지렛대로서 중국에 주는 이익은, 이미 중국의 세 번째 교역상대국이자 통일 이후 더 강력한 경제협력 파트너가 될 한국이 중국에 줄 이익에 비하면 상대가 되지 않기 때문이다. 중국의 입장에서 볼 때 핵 개발을 고집하며 국제고립을 심화시키는 북한이 일본의 핵무장을 불러오는 등 오히려 중국의 안보이익에 부담으로 작용하는 것이 현실이다.

정부는 중국 변수에 관한 국민의 기우杞憂를 씻어주어야 한다. 우리 사회의 일부 지도층 인사들까지 급변사태가 발생하면 중국이 군대를 보내서라도 통일을 막을 것이 아니냐는 말을 공공연히 한다. 중국이 그런 무모한 결정을 할 가능성은 영零에 가깝다. 중국은 현재 유엔 안전보장이사회의 상임이사국으로서 일시적 혼란을 막고 통일과정을 지원하기 위한 유엔활동에 참여할 가능성이 있다. 이는 환영할 일이지 걱정할 일이 아니다. 그러므로 정부는 한반도 통일과 관련하여 중국의 이해와 협력을 끌어내는 일에 과감하게 나서야 한다.

8
일본 그리고 러시아

　일본은 한반도 분단에 관한 원죄原罪를 안고 있다. 일본의 한반도 강점을 해방하기 위해 미국, 소련 두 군대가 한반도에 진입하였고, 그것이 분단의 도화선이 되었기 때문이다. 그러므로 일본은 우리 통일에 적극 협력해야 할 도덕적 의무가 있다. 하지만 우리 국민 가운데 많은 사람들이 일본은 한반도 통일을 원치 않으며 오히려 방해하지 않을까 걱정한다. 실제로 일본은 분단이라는 악조건 속에서도 대한민국의 기적 같은 경제성장을 가까이서 지켜본 나라이다. 특히 철강, 조선, 반도체 등 산업분야에서 일본은 한국에 추월당하고, 자동차 산업까지 숨 가쁘게 추격당하는 실정이다. 일본은 한반도가 통일되면 얼마나 강력한 경쟁자로서 자신들을 위협할 것인지 두려워할 가능성이 크다.

그러나 큰 틀에서 보면 한반도 통일은 일본에도 큰 축복이 될 것이다. 일본은 150년 전 메이지유신明治維新 이후 아시아를 벗어나脫亞 서구화西歐化의 길을 걸었다. 산업화를 성공시킨 일본은 그 힘으로 제국주의 침략에 나섰고, 한국, 중국을 비롯한 아시아 여러 나라들이 미증유의 재앙을 겪었다. 패전 후 다시 일어선 일본은 반세기 가까이 세계 제2의 경제대국으로 군림하면서 그들 의식 속에 아시아는 없었다. 이제 일본은 아시아 쪽으로 눈길을 다시 돌리고 있다. 그들의 장래가 더 이상 서구에 있지 않기 때문이다. 그러나 한반도 분단이라는 갈등구조가 엄존하는 한, 일본이 순탄하게 아시아의 일원이 되기는 어렵다.

일본은 자신들의 이익을 위해서도 한반도 통일에 적극 협력해야 한다. 한반도 냉전 해체는 곧 중국, 일본, 미국 등 주변 열강이 대립보다는 협력을 키우는 전기가 될 것이고, 이런 정세 변화가 일본에게 새로운 출구를 열어줄 수 있을 것이다. 그러자면 일본은 인식을 바꿔야만 한다. 전후 독일이 유럽 여러 나라들에 대해 진정한 사과와 응당한 조치를 한 것처럼, 일본도 군국주의, 제국주의 침략으로 고통받은 아시아 여러 나라들에 대해 늦었지만 더 진심어린 사과와 성의있는 조치를 해야 함은 물론이다. 이렇게 역사적 부채를 청산하고 도덕적 재무장을 하게 된다면, 일본이 아시아의 존경받는 지도국가가 되지 말란 법이 없다. 통일된 한반도, 부상하는 중국의 역동성과 손잡지 않고서는 초고령화된 일본사회가 갈 길은 없어 보인다.

러시아는 한반도 통일의 가장 큰 수혜자受惠者가 되리라고 본다. 연해주, 하바로프스크주, 사할린주 등 극동 시베리아에는 풍부한 에너지자원과 농업자원이 있다. 통일한국은 이 자원을 개발할 최적의 협력파트너가 될 것이다. 이들 지역을 포함하는 환동해경제권의 부상은 시간문제이다. 시베리아횡단철도와 한반도철도의 연결로 인한 물류혁명은 러시아에 막대한 이익을 가져다줄 것이다. 러시아의 지도자들이나 전문가들이 한반도 통일을 당연시하고 큰 기대를 표명하는 이유가 여기에 있다. 푸틴Vladimir Putin 러시아 대통령은 2001년 3월 모리森 喜朗 일본 수상과의 이르쿠츠크 정상회담에서 이렇게 말했다. "한반도는 예상보다 빨리 통일될지 모른다. 통일된 한반도는 강대국으로 부상할 것이다."

우리 정부는 한반도 통일에 관하여 일본과 러시아의 긍정적 역할을 이끌어낼 수 있어야 한다.

9
미국의 역할

독일통일에서 결정적 역할을 한 것은 미국이다. 동독주민들이 베를린장벽을 허물고 통일을 열망할 때, 전승 4개국 가운데 영국과 프랑스는 내놓고 반대했다. 당시 대처Margaret Thatcher 영국 수상은 독일이 통일되면 유럽의 일본이 된다며 격렬하게 반대했고, 미테랑Mitterrand 프랑스 대통령도 이 주장에 맞장구쳤다. 당시 소련의 고르바초프Mikhail Gorbachev 대통령은 침묵하고 있었다. 이들을 설득하여 통일을 지지하게 만든 사람이 바로 부시George Bush 당시 미국 대통령이었다. 미국의 이런 역할이 없었다면 독일통일은 어떤 험난한 과정을 거쳤을지 모른다.

미국은 대한민국의 탄생과 안보, 그리고 경제성장에서 부정할 수 없는 제1의 동반자이다. 최근 비준된 한미 자유무역협정을 통해 한미동맹은 군사로부터 경제로 한 차원 더 발전하고 있다. 민주주의와 시장경제를 바탕으로 하는 한반도 통일은 우리의 염원이자 미국의 국익에 부합함은 물론이다. 우리가 현실적인 통일과정에 진입했을 때 미국의 역할은 독일통일의 경우와 똑같지 않겠지만, 그 중요성은 뒤지지 않을 것이다. 미국은 중국, 일본, 러시아는 물론 유럽연합을 비롯한 국제사회가 한반도 통일을 지지하고 협력할 수 있도록 중심 역할을 해주어야 한다.

2000년 6월 15일 남북정상회담을 마치고 돌아온 김대중 전 대통령은 공식 발표되지 않은 김정일 위원장과의 대화내용을 소개했다. 그는 주한미군 철수를 주장해온 김정일에게 주한미군이 오히려 한반도의 안정과 평화에 긍정적 역할을 하고 있으며, 통일 이후에도 미군이 한반도에 계속 주둔할 필요가 있다고 설득했다는 것이다. 그러면서 김정일도 자신의 주장에 공감을 표했다고 흡족해했다. 나는 김대중 전 대통령으로부터 이 말을 몇 차례 반복해서 직접 들었다. 아직도 우리사회에는 한미동맹 해체와 미군철수를 주장하고, 그래야만 통일이 이루어지는 것처럼 착각하는 사람들이 적지 않다.

우리 정부는 미국과의 동맹을 더 굳건히 하면서 통일에 관하여 미국이 긍정적이고 중심적인 역할을 다할 수 있도록 하는 전략을 추진해야 한다.

10
재앙이 아닌 축복

독일통일은 우려하던 이웃 나라들에게도 축복이 되었다. 통일 이후 독일은 대처나 미테랑의 우려를 비웃듯이 더 존경받는 나라가 되었고, 막강한 경제력을 바탕으로 프랑스와 함께 유럽연합을 출범시켜 화폐통합까지 이루었다. 최근 몇몇 나라들의 부도위기로 유로 존 Euro Zone이 흔들리고 있지만, 독일이 유럽경제의 기관차 역할을 맡고 있는 것은 분명하다. 유럽을 전쟁의 공포로 몰아갔던 독일이 아니라, 경제위기를 앞장서 극복하고 유럽의 번영을 이끄는 독일은 바로 통일이 가져다준 축복일 것이다.

통일 당시 야당이던 사민당은 즉각적인 통일을 반대하였다. 혼란으로 인해 동·서독 국민 모두에게 고통을 가져다줄 것이라는 이유에서였다. 그러나 통일 이후 서독 국민들의 소득은 감소한 일이 없다. 오히려 인플레를 우려한 정부가 긴축정책을 써야만 했다. 동독 지역 주민들의 실질소득은 가파르게 상승해 10년 후에는 서독지역 주민들 소득의 90%를 상회했다. 앞서 말한 통일비용 조달을 위해 부가가치세가 조금 인상되고 사회통합세가 부과되었지만 큰 문제가 되지 못했다. 통일은 한 순간에 이루어지지만, 사회 각 분야의 통합에는 긴 시간이 소요된다. 이 통합과정에서 독일 국민들이 겪은 고통은 통일이 가져다준 열매에 비하면 비교가 되지 않는다. 독일통일은 독일 국민 모두에게 20세기가 가져다준 가장 빛나는 축복임이 틀림없다.

지금 우리 사회는 실업과 빈부격차 그리고 노령화의 수렁에 빠져 있다. 가장 큰 원인은 시장의 고착固着이다. 인구는 정체되고 더는 투자할 곳이 없다. 기껏해야 해외로 나가 투자한다. 해외사업은 국내의 고용과 소득, 소비에 큰 도움이 되지 못한다. 일부 우리 글로벌 기업의 성장이 남의 나라 이야기처럼 들리는 이유가 여기에 있다. 그러나 통일이 되면 국내시장이 폭발적으로 확대된다. 북한은 우리 경제 개념으로 보면 거의 백지상태이다. 우리나라 무역고가 1조 달러를 돌파했는데, 북한 무역고는 45억 달러에 불과하다는 사실이 이를 웅변해준다. 북한 지역에 대한 공공 인프라 투자 수요, 민간기업 투자 수요가 봇물이 터질 것은 불을 보듯 뻔하다. 거대한 투자시장이 열리고 소비시장 또한 시간이 흐를수록 뜨거워질 것이다.

시장의 확대는 한반도에만 머물지 않는다. 압록강, 두만강은 더 이상 고립의 경계선이 아니다. 자연스럽게 상대적으로 낙후된 중국의 동북 3성, 몽골 그리고 연해주를 비롯한 극동 시베리아는 물론 중앙 아시아와의 협력이 강화되고 시장은 점차 확대되어 나갈 것이다. 이 시장 확대를 통해 새로운 일자리와 소득이 창출되어 실업과 빈부격차의 공포를 벗어날 길이 열리게 된다.

특히 북한 주민들의 소득은 동독주민들보다 훨씬 빠르게 증가할 것이다. 왜냐하면 그만큼 북한 지역에 대한 투자의 폭과 속도가 크고 빠르게 진행될 것이며, 여기에 북한 주민들의 성취동기가 더 강렬할 것이기 때문이다. 어떤 사람들은 통일이 되면 가난한 북한 주민들 때문에 우리 국민의 소득이 내려가지 않을까 걱정한다. 그러나 통일의 경제학에서 그런 현상은 일어나지 않는다. 앞서 말한 대로 이는 독일통일에서 이미 증명된 사실이다. 북한 주민들의 소득은 빠르게 상승하여 10년을 전후하면 남한 주민들의 소득 수준에 육박하겠지만, 남한 주민들의 소득도 속도의 문제일 뿐 계속 상승할 것이다.

세계적 투자은행 골드만 삭스Goldman Sachs는 2009년 9월호 세계 경제보고서에서 의미심장한 분석을 발표하였다. "한국이 통일되면 30~40년 안에 국민총생산이 프랑스와 독일을 넘어설 수 있고, 일본을 추월하는 일도 가능하다(we project that the GDP of a united Korea in USD terms could exceed that of France, Germany and possibly Japan in 30~40 years)." 통일 한국이 미국, 중국 다음의 세계 제3위 경제대국으로 부상할 수 있다는 것이다. 이는 결코 실현 불가능한 전망이 아니라, 우리의 의지 여하에 따라 얼마든지 이룰 수 있는 현실성 있는 목표이다.

이렇게 분단체제 안에서 시장의 한계로 고통을 받는 한국 국민들에게, 기아와 압제로 고난에 처한 북한 주민들에게 통일은 재앙이 아니라 거대한 축복이 될 것이다. 일부에서 힘들고 고통스러운 통합과정을 두려워하지만, 통일이 빠르면 빠를수록 통합의 진통 또한 짧고 가벼워질 것은 당연한 이치이다. 북한 체제 엘리트들에게도 통일은 결코 재앙이 아닐 것이다. 우선 어떤 차별이나 보복이 없다는 것을 분명히 해야 한다. 독일의 경우에도 살인 이외의 모든 법 위반에 관하여 대사면이 단행되었다. 동독 공산당은 변신變身하여 민주사회당으로 활동하고 있다. 보다 자유롭고 민주적이며, 더 번영하고 고르게 잘사는 통일한국에서 북한체제 엘리트들도 자기혁신을 통해 더 큰 기회를 누릴 수 있다는 점에서 통일은 그들에게도 축복이 될 것이다.

11
안중근, 처칠
그리고 장 모네

    안중근은 1909년 일본 제국주의 심장 이토 히로부미伊藤博文를 저격하고 감옥에서 「동양평화론」을 집필하였다. 그는 이 저술에서 놀라운 구상을 제시했다. 한국, 중국, 일본이 항구적인 평화를 누리기 위하여 '동양평화회의'를 구성하고, 공동은행을 설립하여 공용화폐를 사용하며, 나아가 공동의 군대를 조직하자는 것이다. 안중근 의사의 이 비전이 아시아에서는 아직도 잠을 자고 있지만, 놀랍게도 그의 비전은 전쟁으로 점철된 유럽에서 실현되었다.

    유럽에서는 1946년 9월 윈스턴 처칠Winston Churchill이 취리히에서 '유럽합중국' 건설을 제창하였다. 안중근보다 37년 뒤의 일이다. 그 뒤 '유럽연합의 아버지'로 불리는 프랑스의 장 모네Jean Monnet가 "변화의 소용돌이A Ferment of Change"라는 논문에서 유럽연합의 비전이 더 이상 상상이 아닌 현실임을 설파하였다. 유럽 여러 나라는 EEC를 거쳐 EC로 다시 EU로 통합을 발전시켜 마침내 공동의 의회, 은행, 화폐, 군대를 갖게 되었다. 안중근의 구상이 고스란히 유럽에서 실현된 것이다.

한반도 통일은 한국, 중국, 일본을 비롯한 동북아의 통합을 촉진하는 역사적 전환점이 될 수 있으리라고 본다. 이제 미국과의 자유무역협정(FTA)을 끝낸 한국이 중국, 일본과의 FTA를 체결하는 것은 시간문제이다. 세 나라의 협력관계가 긴밀해질수록 공동으로 대처해야 할 과제도 많아지게 된다. 물론 단계적으로 이루어질 일이지만, 동북아에도 머지않아 유럽연합처럼 궁극적으로 안중근의 비전이 실현될 날이 올 것으로 믿는다. 이렇게 한반도 통일이 전쟁으로 얼룩졌던 동북아 국가들 사이의 역사적 비극을 종식시키고 평화와 번영의 새로운 틀을 만드는 계기가 된다는 의미에서, 통일은 우리나라뿐만 아니라 아시아 모든 나라에도 축복이 될 것이다.

12
빙벽을 녹이면
강물이 된다

분단의 장벽은 빙벽氷壁과 같다. 끈질기게 뜨거운 에너지를 집중해야 녹일 수 있다. 그러나 한번 녹으면 생명의 강이 된다. 빙벽은 아무 흔적도 없이 역사 속으로 사라져 버릴 뿐이다.

서독은 1972년 이전까지의 대결정책을 버리고 적극적인 개입, 협력, 포용을 확대하는 이른바 동방정책을 추진하였다. 이 정책으로부터 나온 내부의 에너지와 때마침 동구 공산권에 몰아친 개혁, 개방의 훈풍薰風이 상승작용을 일으키면서 분단의 빙벽인 베를린장벽이 녹아내렸다. 사민당 브란트Willy Brandt 수상이 시작한 동방정책은 기민당 정권에서도 일관되게 추진되었고, 17년 뒤인 1989년 기민당 콜Helmut Kol 수상 시절 마침내 통일의 마침표를 찍게 된다.

그러나 우리의 대북정책은 계승, 발전되지 못하고 중단되었다. 김대중 정권이 추진한 햇볕정책의 목표는 북한과의 화해와 공존이었다. 통일을 전략적 목표로 삼지 않았다. 화해와 공존을 목표로 하면, 정책의 대상은 북한 당국일 수밖에 없다. 북한 주민은 부차적인 대상에 지나지 않았다. 물론 김대중 정권은 김정일을 비롯한 북한지도부가 개혁과 개방의 길을 선택할 것으로 믿었을 것이다. 뒤를 이은 노무현 정권도 햇볕정책을 계승했다. 그러나 불행하게도 이런 기대는 산산이 부서졌다. 돌아온 것은 핵실험과 무력도발이었으니 말이다.

서독의 동방정책과 비교해보면 햇볕정책의 실패 원인이 무엇인지를 알 수 있다. 하나는 통일을 궁극적이고 전략적인 목표로 삼아야 하는데, 그렇게 하지 않았다는 점이다. 화해나 공존은 통일로 가는 한 단계의 전술적 목표에 지나지 않는다. 또 하나는 정책의 대상이 확고부동하게 북한 주민이어야 하는데, 북한 당국만을 상대했다는 점이다. 북한 당국은 주민에게 다가가는 중요한 관문의 하나일 뿐인데 말이다. 이렇게 햇볕정책은 목표와 대상에서 중대한 오류를 범함으로써 실패를 자초하였고, 정권이 바뀌면서 중단되는 사태를 맞이하였다.

하지만 이명박 정권의 대북정책 어디에도 절실한 통일의 목표는 찾을 수 없었다. 그리고 북한 주민을 헌법상 우리 국민으로, 또 함께

통일을 이룰 주인으로 상대하는 전략도 보이지 않았다. 김대중 정권의 햇볕정책이 실패했으니 폐기하면 된다는 식이었는지도 모르겠다. 몇 차례 밀사를 파견하여 비밀접촉을 하고 정상회담을 추진하였는데, 과거 두 정권의 방식을 그대로 답습하면서 어떤 목표를 이루겠다는 것인지 헷갈렸다. 북한 당국의 도발을 원천적으로 차단하는 일도 미지근하기 이를 데 없었다. 북한의 도발이 격화될수록 통일 목표를 더 선명히 내세우고 빙벽을 녹일 에너지를 결집하려는 전략적 노력이 필요함에도 불구하고, 이명박 정권에서는 그런 열망과 의지가 없었다.

13
중대한 변화가
오고 있다

역경易經에 이르기를 모든 사물이 궁극에 이르면 변화를 일으키고 (窮則變), 변화가 일어나면 막혔던 것이 통하게 되며(變則通), 새로운 질서가 만들어지면 오래 지속된다(通則久)고한다. 헤겔의 변증법도 이 역경의 세계관을 차용借用한 것으로 보인다. 우리 사회의 발전과 정도 예외가 아니었다. 이승만 체제가 장기독재로 막히자 4·19혁명 이 일어났고, 유신체제가 극단에 치닫자 10·26 사태가 발생했다. 신 군부독재도 국민의 저항에 무너지고 마침내 민주주의 체제가 등장 하였다. 철옹성 같던 아랍세계의 장기 독재체제가 모래성처럼 사라 지는 현상을 우리는 목도하고 있다. 그 기세등등했던 리비아의 카 다피가 하수구 속에 숨었다 피살되리라는 것은 누구도 상상하기 어려웠다.

북한체제는 더 이상 나아갈 곳이 없어 보인다. 우상화, 선군정치, 세습제 이 세 가지가 북한체제의 특징이다. 모두 다 인류문명의 발전방향과는 상극相剋이다. 북한 주민들의 정치적 자유와 물질적 기초는 계속 악화되어 한계상황을 넘은 지 오래 되었다. 줄잡아 300만 명 이상 굶어 죽었다니, 더 긴 설명이 필요 없을 것이다. 그렇다면 북한 체제만이 변화로부터 자유로울 수 있을까. 그것은 불가능한 일이다. 소련을 비롯한 동구권 그리고 중국처럼 북한 체제 엘리트들이 개방과 개혁을 통해 질서있는 변화를 추구할 기회는 많이 있었고, 지금도 늦지 않았다고 생각한다. 그러나 북한에서는 도무지 그럴 기미가 보이지 않는다.

미국이 북한체제 변화에 관하여 정밀 분석에 들어갔다고 알려졌다. 1994년 영변 핵 위기가 터지고 제네바에서 미국과 북한이 협정을 체결했을 때, 미국 정보기관들은 북한 체제가 5년 안에 무너질 것으로 분석했다고 한다. 그러나 그 예측은 빗나갔고 제네바협정은 파탄의 길을 걸었다. 2011년 김정일 사망 후 권력을 세습한 20대의 김정은이 과연 성공적으로 북한을 이끌 수 있을까.

얼마 전 한국을 방문한 러시아 세계경제국제관계연구소(IMEMO) 부소장 미헤예프Vasily Mikheev 박사의 전망이 눈길을 끈다. 나도 두 차례 러시아의 대표적 싱크 탱크인 IMEMO 초청으로 모스크바를 방문한 일이 있다. 미헤예프는 "북한은 권력 이양 후 시장화가 급속히 진행되면서 붕괴할 것이다"라고 말했다. 그는 김정은이 불과 수년의 승계수업밖에 받지 않아 권력 이양 후 10년 안에 북한 체제가 붕괴할 것으로 분석하고 있다. 최근 북한의 정세변화를 보면 그의 분석이 적중하고 있다는 느낌을 받는다. 북한에서 시장은 급속도로 확산되고, 주민들은 시장을 통해 생존을 유지하고 있다고 한다. 장성택 숙청은 경제개발을 밀어붙이는 시장세력에 대한 군부세력의 반격, 그 이상도 이하도 아니다. 그러나 군부세력이 북한사회를 통제하고 이끄는 데에는 한계가 있을 것이다. 변화를 억압하는 기간이 길면 길수록 변화는 훨씬 더 빠르고 충격적으로 일어난다. 아랍세계를 휩쓴 재스민 혁명의 폭풍이 이를 증명한다. 북한체제의 종말도 예외가 아닐 것이다.

14
통일의 아침이
밝아온다

　이제 통일의 아침이 밝아 온다. 건국의 시대, 산업화의 시대, 민주화의 시대를 거쳐 통일의 시대가 열리는 것은 필연의 과정이다. 통일의 결실은 저절로 얻어지는 것이 아니다. 이는 민족 구성원 모두의 열망이 모아져 거대한 에너지로 폭발할 때에만 가능하다. 그러나 불행하게도 우리 정치지도자 가운데 통일의 비전, 목표, 전략, 열정을 보여주는 사람이 거의 없다. 중국의 리펑이나 러시아의 푸틴 같은 외국 지도자들도 한반도에 통일의 여명이 밝아온다고 밝혔다. 그런데 정작 통일을 성취해야 할 절실한 상황에 처해 있는 우리 지도자들의 의식은 분단의 밤을 헤매고 있으니, 이보다 더 한심한 일이 어디에 있겠는가.

　폴란드에서 공산체제를 무너뜨리고 직선 대통령을 지낸 바웬사

Lech Walesa가 2000년 초 서울을 방문했을 때 그를 만난 기억이 새롭다. 처음 만난 나에게 그는 다짜고짜 왜 한국이 통일을 미루고 있느냐고 힐문詰問했다. 복잡한 한반도 정세를 설명했지만 그의 추궁하는 태도는 변하지 않았다. 평양의 체제 엘리트들은 보복이 두려워 통일에 저항하고 있으니, 대大 사면령을 내리고 이 사실을 비행기로 북한 전역에 뿌려 알리면 된다고 방법론까지 진지하게 제시하였다. 그는 공산체제 안에서 처절한 투쟁을 통해 민주체제를 세운 행동주의자의 면모를 유감없이 보여주었다. 얼마 전 미국 랜드연구소의 한반도 전문가 베넷Bruce Bennett 박사가 국회 포럼에서 발표한 통일전략 가운데, 북한 체제 엘리트들에게 사면amnesty 메시지를 계속 전파해야 한다는 내용을 보면서 바웬사의 통찰력을 실감한 일이 있다.

그렇다. 통일은 행동이고 열정이다. 여건을 만들고 때가 되면 무섭게 결단해야 한다. 통일은 우리 모두에게 재앙이 아닌 축복이라는 굳건한 믿음이 있어야 가능한 일이다. 대한민국이 앓고 있는 실업, 빈부격차, 노령화의 통증을 무엇으로 해결할 수 있단 말인가. 부자의 살점을 뜯어 나누어주면 해결될 것인가. 처음 몇 번은 몰라도 계속해서 살점을 내어줄 부자는 우리나라뿐 아니라 세계 어디에도 없다. 이런 포퓰리즘이 국민의 갈증만 키우고 나라에 큰 재앙을 몰고 온다는 사실은 지금 그리스 등 여러 나라들이 보여주고 있다. 통일이 가져다 줄 폭발적 시장의 확대만이 우리 사회가 앓고 있는 이 심각한 통증을 치유할 처방이 될 것이다.

다시 말하자면 북한 주민들은 우리 국민이다. 그들도 우리와 똑같이 자유로운 체제에서 인간으로서의 존엄과 가치를 향유할 수 있어야 한다. 더 민주적인 정치체제, 더 번영하는 경제체제를 향하여 통일을 이루는 것 이외에 다른 길은 없다. 통일은 북한 주민들로 하여금 최단 시일 안에 자유와 번영을 누릴 수 있게 해 줄 것이다. 그 통일의 결정적 시점이 눈앞에 다가오고 있다. 거듭 말하지만 북한 체제 엘리트들에게도 어떤 보복이나 차별은 없다. 동독 출신 메르켈을 보라. 그녀가 통일 독일 최고 지도자가 되는데 16년밖에 걸리지 않았다. 나는 통일 이후 그보다 더 빠른 시간 안에 북한 출신 대통령이 등장할 수도 있다고 생각한다. 통일은 그들에게도 축복으로 다가올 것이다.

우리에게는 건국의 소명, 산업화의 소명, 그리고 민주화의 소명을 받들다가 자신의 에너지를 모두 불태운 위대한 지도자들이 있다. 이제 통일의 소명을 받들기 위해 자신을 불태울 지도자가 등장해야 할 때이다. 독일 통일을 지휘했던 콜 총리는 통일을 의심하고 반대하던 사람들을 향해 이렇게 말했다. "통일이라는 버스가 왔을 때 타야 한다. 그냥 놓쳐 버리면 언제 다시 버스가 올 것인가!" 우리는 지도자를 중심으로 단결하여 통일의 기회를 반드시 잡아야만 한다. 통일 결단을 향해 민족의 에너지를 모아 나가야 할 시점인 것이다.

제 **2** 부

통일의 아침

유럽은 참혹한 전쟁 후에야 통합의 꿈을 꾸기 시작했다. 그러나 그보다 반세기 전 독립운동의 영웅 안중근은 「동양평화론」에서 아시아의 평화를 위해 한국, 중국, 일본이 공통의 화폐, 의회, 군대를 만들 것을 주창하였다. 한반도 통일은 안중근의 꿈을 현실로 만드는 출발점이 될 것이다.

1
분단을 전후한
역사의 흐름

자연이 시간의 흐름에 따라 변화하듯, 우리가 속한 사회 공동체도 끊임없이 진화하고 발전한다. 우리는 이를 문명의 진보라고 말한다. 한 개인이나 집단이 일시적으로 진보의 추세를 가로막을 수 있으나, 궁극적으로 이 흐름을 거스르는 것은 불가능하다. 이것이 역사의 법칙이다.

19세기 후반부터 진행된 서세동점西勢東漸의 시대, 봉건 농업사회에 머물러 침체를 거듭하던 조선은 20세기 초 서구화를 통해 부강해진 제국주의 일본의 식민지로 전락하였다. 이때부터 1945년 해방될 때까지 우리 민족공동체의 소명召命은 독립이었다.

김구, 이승만, 안창호 등 걸출한 지도자들이 이 '독립의 시대'를 이끌었다.

해방과 더불어 국제적 냉전이 격화되고, 한반도는 분단의 비극을 맞게 되었다. 남과 북에 각각의 정부가 세워졌고, 서로 상대를 부정하는 극한 대결이 시작되었다. 북의 공산주의세력은 대한민국을 무너뜨리기 위해 침략전쟁까지 일으켰다. 대한민국은 국제사회와 함께 공산 침략을 물리쳤다. 대한민국은 유엔 결의에 따라 성립된 유일 합법 국가로서, 고조선·고구려, 백제, 신라·발해, 통일신라·고려·조선을 계승하는 우리 민족의 정통국가이다.

냉전에 따른 이념의 혼란 속에서 안팎의 도전을 극복하고 대한민국을 세워 반석 위에 올려놓은 이 시기를 우리는 '건국의 시대'라고 부를 수 있다. 그 때 나라를 세우지 못했다면 오늘 우리가 누리는 이 민주주의와 경제적 번영은 불가능하였을 것이다. 많은 비판이 있지만, 이승만 대통령은 '건국'의 소명을 성공적으로 받들었다는 점에서 높은 평가를 받아 마땅하다.

박정희 대통령은 탁월한 전략과 강인한 의지로 '산업화 시대'를 활짝 열었다. 그 결과 국민의 절대다수가 산업에서 일자리를 찾게 되고, 농촌을 떠나 대도시에서 삶을 영위하게 되었다. 그는 산업화를 통해 한국사회를 혁명적으로 변화시켰다. 저개발국에서 수많은 독재가 등장했지만, 산업화를 성공시킨 사례는 흔치 않다. 박정희 대통령은 공과功過의 논의에도 불구하고, 기적 같은 산업혁명을 이끈 위대한 지도자로 역사에 기록될 것이 분명하다.

산업화를 통해 우리 사회는 다원화되고 국민들은 다양한 가치를 추구하면서 살아가게 되었다. 민주주의를 지탱할 수 있는 중산층도 두텁게 형성되었다. 박정희 대통령 이후 기형적 신군부 독재가 등장했지만, 1987년 6월 항쟁을 통해 마침내 '민주화 시대'가 열렸다. 민주화 지도자인 김영삼과 김대중은 대통령이 되어 민주화를 완성하였다.

식민지배의 암흑에서 '독립'을, 나라 없는 슬픔에서 '건국'을, 숙명처럼 이어진 가난에서 '산업화'를 그리고 독재의 광기狂氣에서 '민주화'를 성취한 우리 현대사는 세계를 놀라게 한 역동의 드라마 그 자체이다. 이제 대한민국은 민주주의 가치와 세계 10위권 안팎의 경제력을 자랑하는 나라가 되었다.

2
이제는 통일 시대

하지만 우리 사회는 수많은 도전에 직면하고 있다. 그 가운데 실업과 중산층 붕괴는 가장 심각한 문제이다. 이제 눈을 돌려 이 시대가 우리에게 무엇을 명령하고 있는지 살피고 받들어야 한다. 바로 통일이다. 우리는 '통일 시대'를 개척하지 않으면 안 된다. 통일은 우리에게 새로운 지평을 열어주고 활력을 불어넣어 줄 것이다. 실업과 빈부 격차의 그림자도 통일이 가져올 역동적인 경제성장을 통해 지울 수 있다고 믿는다.

지구 상에서 분단을 극복하지 못한 유일한 나라가 바로 대한민국이다. 부끄러운 일은 여기에서 끝나지 않는다. 아직도 통일에 대한 분명한 비전, 확고한 목표와 전략이 없다는 사실이다. 그러니 통일에 대한 열망이 끓어오르지 않는 것이다. 통일을 이끌 지도자도 보이지 않고, 통일을 만들어 낼 국민적 에너지 역시 부재한 상황이다. 그러나 늦을수록 분발해야 한다. 이 시대의 소명인 통일을 받드는 일에 너와 내가 다를 수 없다.

통일을 두려워해서는 안 된다. 통일비용이라고 하는 것은 대부분 투자비용이다. 그 투자를 통해 수많은 일자리와 소득이 창출되고 통일한국의 경제력은 세계 5위권으로 도약할 것이다. 앞서 지적한 대로, 세계적 투자은행 골드만 삭스는 2007년 3월 보고서Global Economics Paper에서 2050년 한국 국민 1인당 소득은 9만 달러로 미국에 이어 세계 2위에 이를 것으로 분석하였다. 2009년 9월 같은 보고서에서는 한국이 통일을 한 후 30~40년 안에 국민총생산에서 프랑스와 독일을 추월할 수 있고, 일본을 추월하는 일도 가능하다고 전망하였다. 이렇게 장기적으로 통일은 한국을 세계에서 두 번째로 잘사는 나라, 미국, 중국에 이어 세계 3위의 경제대국을 만드는 출발점이 될 수 있다.

통일과정에서 북한주민의 대량 탈북이나 중국의 군사개입을 걱정하는 사람들도 있다. 하지만, 이는 기우杞憂에 불과하다. 또 북한 주민을 돕다보면 우리 국민소득이 절반으로 떨어지지 않을까 우려하는 주장도 있다. 이 또한 비논리적 견해일 뿐이다. 통일이 되면 두 지역 주민의 소득 가운데 낮은 지역 주민의 소득은 높은 지역 소득을 향

해 빠른 속도로 상승하고, 높은 지역 주민의 소득도 계속 올라갈 뿐 내려가는 일은 결코 없을 것이다. 이는 이미 독일 통일 이후의 통합 과정에서 실증된 사실이며, 나는 이를 독일 현장에서 최고 전문가들로부터 직접 설명까지 들은 바 있다.

북한이 핵 개발을 고집하고 무력도발을 계속하고 있다. 한반도의 냉전이 더 깊어지고 통일의 전망은 더 어두워지는 것 아닌가 걱정할 수 있다. 그러나 이는 역설적으로 한반도에만 남아있는 냉전의 얼음이 녹고 있다는 증거이다. 모든 것에는 시작이 있고 끝이 있다. 북한 체제도 마찬가지이다. 시대의 변화를 받아들여 진화하지 않고 퇴행을 거듭하는 체제는 생명을 이어갈 수 없다. 그러므로 통일을 향한 우리의 발걸음은 더 빨라져야 한다.

3
통일 리더십이
등장해야 할 시점

이제 우리 정치에서 통일의 리더십이 등장해야 한다. 통일은 먼 장래의 문제가 아니라 임박한 현실의 과제이다.

우리 국민은 통일에 대한 막연한 기대나 불안한 걱정을 버리고, 통일의 밝은 미래에 대한 열망을 키워나가야 한다. 무엇보다 우리 경제는 통일의 선봉에 서야 한다. 경제인 정주영 회장은 소 떼를 몰고 휴전선을 넘었고, 대북사업을 펼쳤다. 지금 개성공단에서는 많은 기업들이 활발한 경제활동을 하고 있다. 이들이야말로 통일의 개척자라고 할 수 있다.

통일은 우리 경제영역을 폭발적으로 확장시켜 줄 것이다.

특히 북한지역은 경제적으로 백지상태와 같아 봇물 같은 공공투자와 민간투자를 유발하게 된다. 내수시장은 8천만 인구로 확대된다. 압록강, 두만강은 더 이상 경제를 가로막는 장벽이 되지 않을 것이다. 중국 동북 3성에 1억 명, 극동 시베리아에 2천만 명의 인구가 있다. 시베리아에는 에너지, 농업 등 광대한 자원이 개발의 손길을 기다리고 있다. 이 지역과 우리 경제는 환상적인 파트너십을 형성하면서 공동시장을 발전시킬 수 있을 것이다.

세계는 끊임없이 무역장벽을 낮추며 하나의 시장을 추구해왔다. 세계통상질서는 GATT체제를 거쳐 WTO체제로 진화하였다. 또 도하라운드를 통해 새로운 체제를 만들었다. 이러한 보편적 질서의 진화와 함께 역내城內 국가들끼리는 블록을 형성하였다. 개별 국가 사이에는 FTA를 체결하여 경제 장벽을 제거하거나 낮추고 있다. 우리는 이러한 흐름을 세계화라 부르고, 세계화를 통해 세계는 하나의 지구촌이 되리라는 믿음을 갖고 있다.

유럽은 2차 대전 후 과거를 향해 복수 의지를 불태운 것이 아니라, 미래를 향한 통합의 꿈을 키웠다. 전쟁 없는 평화와 공동번영의 길은 복수가 아니라 통합이라고 믿었기 때문이다. 그들은 EEC에서 EC로, 그리고 마침내 EU로 통합의 틀을 완성하였다. 공통의 은행과 화폐, 의회 그리고 군대를 창설하였다. 나라와 나라 사이에 국경은 지도에나 존재할 뿐이다.

통일은 동북아의 통합을 촉진하고, 그 중심에 통일한국을 세우게 될 것이다. 통일독일이 유럽통합의 기관차였다면, 동북아 통합의 기수는 우리가 맡을 수밖에 없기 때문이다.

유럽은 참혹한 전쟁 후에야 통합의 꿈을 꾸기 시작했다. 그러나 그보다 반세기 전 독립운동의 영웅 안중근은 「동양평화론」에서 아시아의 평화를 위해 한국, 중국, 일본이 공통의 화폐, 의회, 군대를 만들 것을 주창하였다. 한반도 통일은 안중근의 꿈을 현실로 만드는 출발점이 될 것이다.

통일한국, 중국, 일본, 몽골 그리고 극동 시베리아가 통합으로 나아간다면 세계경제의 중심이 되는 것은 시간문제이다. 현재 한·중·일 세 나라의 GDP 규모만으로도 미국을 능가하고 EU를 필적하고 있으니 말이다. 이렇게 팽창하는 경제영역 가운데에서 우리 민족 특유의 창조력과 역동성으로 새로운 성장의 시대를 연다면, 앞서 말한 절박한 실업의 고통이나 빈부격차의 위험을 발전적으로 풀어나갈 수 있을 것이다.

이제 통일의 시대다. 우리는 그 아침을 맞고 있다. 꿈과 신념, 용기와 열정으로 시대의 소명인 통일을 성취해나가야 한다.

제3부

평화통일,
때가 무르익고 있다

우리가 추구하는 통일 미래상은 우리 민족구성원 모두에게 희망이 되는, 우리 이웃 모든 나라에게 이익이 되는, 그리고 인류의 평화와 번영에 기여하는 그런 통일이다. 우리는 독일 통일이 독일민족과 유럽에 축복이 된 것처럼, 한반도 통일이 우리 민족과 동북아시아에 거대한 축복이 되리라는 것을 굳게 믿어 의심치 않는다.

1
우리가 추구하는
통일 미래상

　한반도 분단은 2차 세계대전 후 불어 닥친 냉전의 산물이다. 하나의 민족이 냉전으로 분단의 운명을 맞이한 경우는 한국, 독일, 베트남, 예멘 네 나라이다. 이 가운데 세 나라는 이미 통일을 이뤘다. 오직 한반도만 분단의 질곡에서 벗어나지 못하고 있다. 특히 독일은 국제적 해빙의 물결을 타고 재빨리 평화적 통일을 성취한 후, 지금은 유럽통합을 이끄는 지도국가로 부상하였다.

　대한민국은 분단과 전쟁의 폐허를 딛고 눈부신 산업화를 이루었으며, 세계가 부러워하는 민주화를 성취하였다. 우리 국민은 이제 더이상 통일을 외면하거나 미루어서 안 된다는 문제의식을 갖고 있다. 무엇보다 한민족의 공동번영과 행복을 위하여, 우리 민족의 더 밝은 미래를 위하여, 동북아의 통합과 공동번영 그리고 인류평화를 위하여, 한반도 통일은 필수불가결이며 동시에 필연이라고 확신한다.

남북한은 통일을 위해 미래를 내다보는 통찰력을 키워야 한다. 미국, 중국을 비롯한 세계 여러 나라들은 남북이 강인한 의지로 통일을 추구할 때, 우리를 도와주고 협력을 아끼지 않을 것이다. 통일은 국제문제이기도 하지만 본질적으로 우리 민족의 문제이기 때문이다.

한반도 통일은 두 개의 철 구조물을 용광로에 넣어 녹인 다음, 하나의 구조물로 주조하는 것과 같다. 여기에는 어마어마한 에너지가 필요하다. 동시에 새로 주조할 구조물에 대한 과학적 설계도와 그 과정을 성공적으로 수행할 냉철한 전략이 요구된다. 이와 마찬가지로 분단체제를 해체하고 녹여 통일한국을 건설하는 일에도 강력한 에너지와 전략이 요구됨은 물론이다.

우리가 추구하는 통일 미래상은 우리 민족구성원 모두에게 희망이 되는, 우리 이웃 모든 나라에 이익이 되는, 그리고 인류의 평화와 번영에 기여하는 그런 통일이다. 우리는 독일 통일이 독일민족과 유럽에 축복이 된 것처럼, 한반도 통일이 우리 민족과 동북아시아에 거대한 축복이 되리라는 것을 굳게 믿어 의심치 않는다.

2
교류협력의
새로운 방향

  남북관계를 개선하고 평화로 가는 길은 우리의 일방적인 노력만
으로 열리지 않는다. 북한의 호응과 협조가 있어야 한다. 그렇지 않
을 경우, 남북관계는 늘 대척점으로 맞서 서로 충돌이 되풀이될 수
밖에 없다. 그리고 남북 사이에 각종 합의를 만드는 일도 필요하지
만, 그 합의를 꼭 실천하는 일이 더욱 긴요하다는 것을 경험으로 일
깨워 주고 있다. 이런 점에서 남북한 관계의 변화를 보는 눈은 더욱
더 냉철해져야 한다. 일시적인 남북 대화의 진전이나 좌절에 일희일
비해서는 안 된다. 남북한 관계는 원래 우여곡절의 연속이다. 이 엄
연한 남북관계의 현실을 직시하면서 쉬운 것부터 하나하나 타개해
나가야 한다.

개성공단 사업을 놓고 남북관계가 시험대에 섰던 작년의 경험이 좋은 사례이다. 개성공단 사업은 일시적으로 중단 또는 폐쇄냐 혹은 재개再開할 수 있느냐 하는 갈림길에 선 적이 있다. 남북 당국 사이에 원만한 합의를 이루어 공단 사업이 일단 재개되었으나 공단운영의 완전 정상화, 나아가 국제화와 공단의 확대까지는 더 긴 시간과 많은 노력이 필요한 상태이다. 개성공단 조성 사업은 남북 당국 사이의 유무상통有無相通 합의를 이행하는 사업이며, 양측이 각기 관련 법률을 제정하여 제도적으로 뒷받침하고 있는, 통일로 나아가는 기념비적인 사업이다.

실제로 2013년 10월까지 123개 기업이 입주, 생산 활동을 해왔고, 수많은 협력업체들이 땀 흘려 일하고 있다. 여기에다 북한 근로자 5만여 명이 남측 주재원들과 함께 근무해서, 2013년 10월 말로 누적 생산액이 21억 달러를 넘어섰다. 대외 수출액도 2억 4천만 달러에 달했다. 개성공단을 시발로 해서 처음 맥을 짚은 대규모 경제협력 시범사업이 일단 결실의 길로 접어든 것이다.

남북은 기왕에 시작한 개성공단 사업을 반드시 성공시켜야 한다. 무엇보다 개성공단은 최초·최대의 남북교류 협력 사업이며, 민족 경제공동체를 만드는 시범 사업이다. 남북은 이 사업을 계기로 줄 것은 주고, 받을 것은 받는 호혜互惠의 양방향 이익공동체를 지향해야 한다.

개성공단 사업은 또한 남북이 경제 체질을 강화하는 대안이다. 남북이 각기 비교 우위에 있는 자본과 기술, 개발 경험을 경쟁력 있는 노동력과 결합하는 민족경제 살리기 사업이다. 개성공단을 성공시키는 일은 한반도 평화사업으로서 국제 정세를 안착시키는 데도 도움이 된다. 개성공단이 잘 진척이 돼서 남북 경제가 통합 방향으로 가게 되면, 정치사회의 안정과 안보에도 기여하게 될 것이다. 이는 또 동북아 지역의 평화번영에 긍정적인 영향을 줄 것이고, 결과적으로 국제사회의 안정에도 부합하는 셈이 된다.

개성공단은 국제적으로 경쟁력 있는 자유 복합 산업단지로 거듭나야 한다. 단순 제조업 위주의 공단, 남측 기업 입주 공단에서 첨단 산업, 관광과 서비스, 물류 등이 추가된 복합 공단으로 한 발 더 나가야 한다. 그리고 중국과 동남아 지역 등의 기업들을 유치하여 국제 공단으로 도약해야 한다. 개성공단이 남북 통합경제의 도화선이 되면서 북한 지역에 동서남북 4개 정도 산업단지가 들어서게 된다면, 한반도 안정은 물론 동북아 평화에 크게 기여하게 되리라고 본다. 중소기업중앙회는 신년 초부터 벌써 제2의 개성공단 추진계획을 밝혔다. 개성공단이 성공적으로 발전해서 북한의 해주와 남포 지역에도 대규모 공단을 만들겠다는 구상이다. 이는 북한이 협조만 한다면 얼마든지 가능한 일이다. 북한의 합리적 선택만 남았다.

3
국제사회와 함께 가는
남북관계

　남북관계는 반드시 새로운 길을 찾아 나서야만 한다. 남북은 서로의 선택에 따라 화해·협력의 길로 가느냐, 응징과 보복이라는 칼날을 숨긴 채 일촉즉발의 긴장관계를 지속할 것이냐, 아니면 파멸을 가져올 막다른 선택으로 가느냐 하는 기로에 서 있다. 참으로 민족사적으로 중차대한 시점이라고 하지 않을 수 없다.

　「전쟁론」의 대가인 라이트Q. Wright 교수가 쓴 글은 남북관계에 시사점을 준다. 그는 이 방대한 책을 쓰게 된 것이 평화를 위해서였다고 했다. 즉, "평화를 모색하는 핵심 테마는 전쟁을 제대로 잘 알고 이해하며, 전쟁을 없애기 위해 가능한 모든 방법을 찾자는 것"이라고 지적했다. 라이트 교수의 지적은 전쟁이야말로 가장 나쁜 선택이며, 최대의 악惡임을 일깨워 준다. 그 어떤 '좋은 전쟁'이라 할지라도, 오히려 '나쁜 평화'가 나을 수 있다는 것이다. 남북은 평화의 길밖에는 다른 선택이 있을 수 없다.

1962년 쿠바 미사일 위기 때의 사례 역시 참고할 만하다. 당시 소련은 미국의 코앞인 쿠바에 핵미사일 기지를 만들고자 했다. 미국으로선 3차 세계대전까지 각오하면서 소련의 시도를 막아야만 했다. 케네디 대통령은 쿠바에 해상 봉쇄를 실행할 것이라면서, 한편으론 막후 협상도 병행해 나갔다. 그의 지론이자 실천 전략은 "상대가 두려워서 협상을 해서는 안 되지만, 협상을 두려워해서도 안 된다"는 것이었다. 결과는 소련이 핵미사일 기지 건설을 포기하면서 마무리되었다. 그 어떤 경우라도 대화와 협상이 필요함을 일깨워 준다.

남북한은 군사적 무장보다 경제·문화 무장의 길로 가야만 한다. 남북관계가 가야 할 길은 자명하다. 이제는 남북한이 주도하고 국제사회가 함께 참여하거나 지원·보장해주는 '한민족 공영共榮네트워크'를 만들어야 할 시점이다. 그리고 해외 동포까지 망라한 한민족 문화권의 확장, 동북아 지역 내 다자간 안보 포럼이나 유엔 산하에 한반도 평화 지원기구의 창설도 검토할 때가 되었다.

이를 위해 남북당국은 먼저 남북대화를 정례화하고, 화해와 교류 협력사업들을 적극 추진하는 등 관계 정상화를 기해야 한다. 남북 사이에 이룬 합의 사항은 꼭 지키는 관례를 만들어야 한다. 그래야 남북한, 중국과 러시아를 관통하여 유럽까지 연결되는 도로·철도망 구축, 시베리아 가스관 연결 등 천연자원의 공동 활용과 제3국 시장 공동 진출 같은 사업들을 펼칠 수 있기 때문이다.

남북 평화통일은 단순히 '우리의 소원'이나 꿈에 그쳐서는 안 된다. 남북이 함께 강인한 통일 의지와 통일 미래상을 공유하면서, 그 실천 전략을 하나씩 실행해가면 얼마든지 가능한 과제이다. 국제사회 역시 남북 평화통일과 지역 정세의 안정을 마다할 이유가 없다.

남북한 평화통일, 때가 무르익고 있다는 인식이 중요하다.

제4부

미래 지향의
통일 리더십

이제 한반도를 통일시킬 강력한 리더십을 건설해야 한다. 분단을 허물고 통일한
국을 세우는 일에는 거대한 에너지가 필요하다. 우리 국민의 열정, 북한 주민의
열망이 합일(合一)하여 일으키는 불꽃같은 에너지가 통일의 원동력이 될 것이
다. 이러한 민족적 에너지를 폭발시킬 리더십은 오직 국민의 힘에 의해서만 세
울 수 있다.

1
잊고 살아온 공간

물리학자 스티븐 호킹 박사의 최근 저서 '위대한 설계The Grand Design'에 재미있는 설명이 있다. 그의 이론에 의하면 우리가 사는 시공은 4차원이 아니라 10차원이고, M 이론은 11차원을 이야기한다. 그런데 4차원을 넘는 차원들은 아주 작은 공간 속에 돌돌 감겨 있어 우리가 감지하지 못한다는 것이다.

한반도 분단이 70년을 향해 가고 있다. 그러다 보니 분단의 장벽 바로 건너에 있는 북한 지역을 우리가 까맣게 잊고 사는 것은 아닌지 착각에 빠지곤 한다. 고대 우리 민족이 활동했던 광활한 동북아 대륙이 우리의 활동공간이라는 사실을 간과하는 일은 그럴 수 있다고 하자. 그러나 전후 몰아친 국제적 냉전 때문에 강요되었던 분단을 아직도 극복하지 못하고, 아예 북한이라는 공간을 잊고 살아간다면 이보다 더 안타까운 일은 없을 것이다.

현대 물리학자들이 감겨진 차원을 찾아내듯, 우리 정치는 잊혀져가는 북한을 우리 민족의 위대한 통일공간으로 재탄생시켜야 한다. 통일이라는 공간이 우리 민족의 장래에 어떤 의미를 가질 수 있는가. 이에 대한 확신이야말로 통일을 말하고 실천하는 첫걸음이 될 것이다.

2
통일은 우리 민족에게
거대한 축복

통일은 우리 민족에게 더 없는 축복이다. 분단이라는 이 고통스러운 공간 속에서도 대한민국은 기적 같은 경제성장과 민주주의를 성취하였다. 분단의 장벽이 사라진 통일공간은 우리 민족의 성장과 발전에 놀라운 활력을 불어넣을 것이 틀림없다.

우선 경제를 보자. 남한 지역의 공공 인프라 건설 수요는 거의 한계에 와 있다. 이에 비해 북한 지역은 백지상태와 같다. 북한의 도로, 철도, 공항, 에너지, 주택, 정보통신, 교육, 복지 등 모든 인프라를 남한과 대등한 수준으로 건설해야 한다. 북한 공공 인프라 투자에 이어 민간의 투자가 봇물을 이룰 것은 너무도 명백하다.

시장은 당연히 한반도와 8천만에 달하는 국내외 인구로 확대된
다. 통일로 인해 확대되는 시장은 여기에 그치지 않는다. 압록강, 두
만강은 경제에 관한 한 큰 장벽이 되지 못할 것이다. 중국의 동북 3
성, 옛 만주지역은 상대적으로 낙후되어 있다. 연해주, 하바로프스크
주, 사할린주 등 극동 시베리아 지역은 더 말할 나위가 없다. 이들 지
역은 자연스럽게 우리 경제의 활동 공간으로 편입된다. 특히 시베리
아의 농업과 에너지 개발 분야에서 통일한국은 러시아의 최고 파트
너가 될 것이다.

한반도 통일은 동북아의 대립과 갈등 국면을 협력과 통합국면으
로 전환시킬 것이 틀림없다. 우리가 주도하여 한, 중, 일 3국의 협력
과 통합을 이끈다면, EU나 NAFTA를 능가하는 역내城內경제시장이

열리게 된다.

이렇게 넓어진 시장은 우리 경제에 엄청난 기회와 역동성을 가져다주고, 거기에서 우리 사회가 앓고 있는 실업과 빈부격차라는 중병重病을 치유할 길도 찾을 수 있다.

다음으로 문화를 보자. 21세기는 문화의 세기다. 문화가 강해야 경제도 강해지는 세상이다. 지금도 우리 대중문화의 경쟁력은 하늘을 찌른다. 통일이 된다면, 남과 북의 이질적 문화가 융합을 일으키고, 거기에서 어마어마한 창조적 에너지가 발생할 것이다. 통일한국의 문화, 특히 대중문화는 한 차원 더 높은 경쟁력으로 무장하여 세계인을 사로잡을 것이 분명하다. 그만큼 우리 경제도 성장하면서 국력도 신장하게 될 것이다.

세계적 투자은행 골드만삭스의 세계경제보고서는 이미 인용한 바 있다. 국제적으로 저명한 투자의 귀재인 짐 로저스J. Rogers 회장은 남한의 경제개발 경험과 경영 능력, 투자 여력 등이 북한의 노동력·자원과 상승작용을 해서 통일한국이 대단한 경제력을 갖게 될 것이라고 예상했다. 그리고는 자신의 전재산을 여기에 투자하고 싶다고 밝히기도 했다. 단언컨대 통일이 되면 10년 안에 미국, 중국, 일본, 독일 다음으로 세계 5위의 경제력을 자랑하는 나라가 될 것이다.

3
왜 통일이 되지 않는가

분단을 강요한 국제적 냉전은 오래전에 해체되었다. 냉전해체의 물결 속에 독일과 예멘이 통일을 이룬지 20년이 넘었다. 이제 한반도의 통일을 가로막을 나라는 어디에도 존재하지 않는다. 우리의 통일을 일본이 싫어하고 중국이 반대한다는 이야기를 하는 사람들이 적지 않다. 이는 사실도 아니고 우리가 입에 담을 말이 아니다. 한반도의 통일은 중국과 일본 두 나라에도 큰 이익을 가져다주고, 또 두 나라는 통일을 반대할 권리가 없다. 물론 두 나라가 통일에 적극 협력하도록 할 책무는 우리에게 있다.

개방과 개혁의 길을 걷지 않고 고립과 대결의 길을 걷는 북한 때문에 통일이 되지 않는다는 견해도 있다. 이는 틀린 말이 아니지만

전적으로 맞는 말도 아니다. 북한을 개방과 개혁으로 끌고 가지 못한 우리에게도 책임이 있다. 북한 주민들에게 우리가 누리는 민주주의 가치와 시장경제의 풍요를 함께 누릴 수 있다는 의지를 키워주지 못했고, 북한 체제 엘리트들에게 통일은 결코 보복이나 예속이 아닌 화해와 동반의 길이라는 믿음을 심어주지 못했기 때문이다.

역대 정권의 대북정책을 살펴보자. 박정희 정부는 1972년 '7·4 남북공동성명'을 이끌어 냈고, '평화통일 3대 원칙'을 발표하였다. 노태우 정부는 냉전 해체에 힘입어 북방정책을 추진해서 성과를 거두었다. 김영삼 정부는 북방정책의 연장선상에서 대담한 민족화해정책을 추진하려 했으나, 영변 핵 위기, 김일성 사망으로 한반도 정세가 악화되는 바람에 대북정책은 정체되고 말았다.

김대중 정부에 이르러 본격적인 포용정책이 추진되었다. 남북 사이는 고립과 대결로부터 접촉, 교류, 협력으로 대전환을 이루는 듯했다. 포용정책의 목표는 '햇볕정책'이라는 용어가 상징하듯, 북의 개방과 개혁을 이끌어내는 데 있었다. 그러나 이런저런 성과에도 불구하고 북이 핵 개발을 고집하는 등 개방, 개혁이라는 목표는 멀어지고 말았다. 뒤를 이은 노무현 정부는 대북지원을 강화했으나 돌아온 것은 1차 핵실험이었다. 이명박 정부는 북의 핵 포기를 전제로 하는 엄격한 정책을 견지했지만, 2차 핵실험과 천안함, 연평도 등 군사도발에 직면했다.

역대 정권의 대북정책은 시대적 배경을 깔고 있다. 현 단계에서 판단할 때, 지금까지의 정책은 현상을 관리하고 평화를 유지한다는 개념 위에 설계되었다. 이러한 정책의 상대는 필연적으로 북한 당국일 수밖에 없다. 북한의 체제 엘리트를 설득하는데 한계를 절감한 역대 정권을 비판해보아야 무슨 소용이 있겠는가. 이제 북한 당국이 아닌 북한 전체, 북한 주민들을 중심에 놓는 관점에서 진정한 통일정책을 다시 설계해야 할 시점이다.

4
통일 시대를
이끌어야 한다

이제는 통일의 시대이다. 독립, 건국, 산업화, 민주화의 거센 물결을 넘어 통일의 아침이 밝아 온 것이다. 그러나 우리는 이 아침을 준비하지 못하고 있다. 이명박 정부 당시 '통일세' 화두를 던져도 누구하나 진지하게 받아들이는 사람이 없었다. 심지어 집권 여당에서도 아무런 움직임이 없었다. 정치권에 통일정책을 설계하고 이를 밀어붙일 세력이 보이지 않는 것이다.

국민들의 가슴에도 통일에 대한 열정과 의지가 미약하기만 하다. 오히려 통일의 열망에 찬물을 끼얹는 논리와 세력이 넘쳐날 뿐이다. 우리 내부의 이 현상을 타파하지 않는 한, 통일의 결정적 기회가 다가온다 하더라도 과연 통일을 성취할 수 있을 것인지 두려운 생각이다.

독일의 경우를 보자. 1989년 베를린 장벽이 무너졌을 때, 서독의 야당 사민당은 통일을 반대하였다. 마침 통일을 지지하는 기민당이 집권하고 있었기에 독일은 전광석화처럼 통일을 완성할 수 있었다.

통일비용은 두려워할 일이 아니다. 대부분이 공공 인프라 건설비용으로서 이 투자는 그 자체로 경제성장을 이끌고 민간투자를 유발하여 수많은 일자리와 소득을 창출하게 된다. 북한 주민에 대한 사회보장비용은 한시적으로 우리 국민에게 부담으로 작용하겠지만, 독일의 예에서 보는 바와 같이 큰 문제가 되지 않을 것이다.

통일하면 가난한 북한 주민 때문에 우리 국민소득이 떨어질 것인가. 통일 후 남한 주민의 소득은 떨어지는 것이 아니라 계속 상승하고, 북한 주민의 소득은 빠른 속도로 증가하게 된다. 독일 통일 후 동독지역 주민의 실질소득은 10년이 못돼 서독지역 주민의 92%에 이르렀다. 나는 북한지역 주민의 소득증가 속도가 동독주민의 그것보다 더 빠를 것으로 전망한다.

우리 사회에서 흡수통일을 반대하는 논리가 엄연히 한 자리를 잡고 있다. 독일의 경우, 독일통일을 흡수통일이라 하지 않는다. 굳이 규정하자면 '합류合流'가 정확한 표현이다. 통일은 원천적으로 남과 북의 국민들이 주권적 결단을 내림으로써 가능할 수밖에 없다. 남·북 당국자들이 테이블 위에서 합의하여 통일을 이룰 수 있다는 생각은 환상이다. 독일은 장벽을 허문 동독 주민들이 직접선거를 통해 의회와 정부를 구성하고 서독 기본법에 '합류'할 것을 결정함으로써 법적으로 통일을 마무리 지었다.

실제로 통일이 이루어지면 북한지역의 정치, 사회적 몫은 북한 주민들이 누리는 것이다. 독일은 통일된 지 16년 만에 동독지역 출신 총리가 등장했다. 통일한국의 경우, 이보다 빨리 북한지역 출신 대통령이 나오지 말란 법도 없다. 통일의 공간에서 예속이나 차별은 있을 수 없다. 보복도 있어서는 안 된다. 통일 독일에서는 대사면 조치가 내려졌고, 살인 등 특수한 경우에만 재판이 이루어졌다.

중국 변수를 우려하는 여론도 있다. 이 또한 잘못된 견해이다. 중국이 북한 문제를 대미정책의 지렛대로 이용하는 측면을 부정할 수는 없다. 그러나 우리 민족이 정치적 통일을 결단한다면, 중국은 반대할 이유도 없지만 그럴 권리도 없다. 중국은 경제적으로 우리와 중대한 이해를 공유하고 있고, 북한은 짐이 되기 때문이다. 더욱이 통일한국은 중국의 경제발전과 지역 안정을 위해 더 강력한 파트너가 될 것이 분명하다.

5
통일 리더십으로
위대한 혁명을 이루자

보수 체질로 일관하는 이들은 아직도 냉전 이데올로기에서 벗어나지 못한 탓인지, 아니면 웰빙 체질 때문인지, 통일에 대해 두려워하거나 소극적이다. 진보를 자처하는 이들은 분단 상황의 관리와 평화유지에 관심이 있을 뿐, 적극적인 통일을 외면한다. 역시 낡은 이데올로기에 매어있기 때문이다. 그들은 북한 체제가 무너지면 안 된다고 공공연히 주장한다. 무력으로 북한 체제를 무너뜨리자고 주장하는 사람은 많지 않다. 그러나 북한의 주인인 주민들이 더 자유로운 가치와 풍요로운 체제를 향해 나아갈 권리는 누구도 억누를 수 없다.

우리 사회도 주권자인 국민들의 정치적 결단에 의해 낡은 체제를

무너뜨리고 끊임없이 진화해 왔다. 북한 주민들이 더 인간다운 삶을 위하여 북한체제를 변화시킬 권리는 신성하고 천부적이다. 이제 통일정책의 궁극적인 대상은 우리 국민이기도 한 북한 주민이라는 사실을 대전제로 해야 한다. 북한 당국은 북한 주민에 다가가기 위한 중요한 창구일 뿐이다. 우리 대북정책이 평화관리정책으로부터 본격적인 통일정책으로 일대 전환을 이룰 때가 되었다.

우리 정치는 중대한 구조적, 질적 변화를 일으켜야 한다. 바람직한 많은 변화 가운데 통일의 리더십을 창출할 수 있는 기반이 만들어질 것인가, 이것이 관건이다. 여당, 야당을 가리지 않고 통일을 적극적으로 추진할 비전과 의지로 무장한다면 정말 바람직한 일이다. 이제 낡은 지역 패권을 타파하고 국민통합을 추구하며, 낡은 이데올로기를 뛰어넘어 창조적으로 통일한국을 설계하고 추진할 정치세력이 등장해야 한다. 이는 우리 정치의 큰 희망이 될 것이다.

한반도 통일을 이끌 리더십의 모델로 에이브러햄 링컨 대통령을 상정할 수 있다. 흔히 미국의 남북전쟁을 흑인 노예 해방이라는 고결한 가치를 내건 전쟁으로 묘사한다. 그러나 흑인 노예 해방은 대의명분이었다. 링컨은 미국의 분열을 막고 통일을 유지하기 위하여 노예상태에서 해방된 흑인 노동력을 산업으로 끌어들였다. 그리하여 당시 2류 농업국가에 머물러 있었던 미국을 1류 산업국가로 성장시키려는 목표를 향해 5년에 걸친 고통스러운 내전을 감당하였다. 그

때 링컨이 분열을 받아들이고 노동력 부족으로 경쟁력을 잃어가던 산업을 방치했다면, 오늘의 미국은 존재하지 않았을 것이다. 링컨과 그를 지지하는 정치세력은 미국의 통일과 산업국가로의 도약이라는 시대의 소명을 위해 헌신과 희생을 주저하지 않았고, 끝까지 관용과 통합의 정신으로 현대 미국의 기초를 만들었다. 당시 1,700만 인구 가운데 무려 70만 명이 전사한 처참한 내전에서 패배한 남군의 총사령관 리Robert Edward Lee 장군을 사면했는데, 이는 남북전쟁 당시 미국사회를 관통한 용서와 통합의 리더십을 웅변한다고 말할 수 있다.

이제 한반도를 통일시킬 강력한 리더십을 건설해야 한다. 분단을 허물고 통일한국을 세우는 일에는 거대한 에너지가 필요하다. 우리 국민의 열정, 북한 주민의 열망이 합일合一하여 일으키는 불꽃같은 에너지가 통일의 원동력이 될 것이다. 이러한 민족적 에너지를 폭발시킬 리더십은 오직 국민의 힘에 의해서만 세울 수 있다.

통일은 위대한 혁명을 의미한다. 지금까지와 전혀 다른, 중첩적으로 확대되는 새로운 공간에서 우리 국민은 경제 강국, 문화 대국의 길을 개척하게 된다. 또 앞서 말한 대로 이 혁명은 보복이나 예속이 없는, 화합하고 동반하는 명예혁명이다. 이는 우리 민족뿐만 아니라 이웃 나라, 나아가 인류사회의 번영과 평화에 기여하는 거대한 축포를 쏘아 올리게 만들 것이다.

제 **5** 부

북한 핵과 인권은 곧 우리의 문제

북한의 진정한 주인은 강경파가 아니라 북한 주민이다. 이제 주민과 온건파에 눈을 돌려야 한다. 이들이 세력의 중심에 설 수 있도록 전략을 추진해야 한다. 국제사회의 압력이나 제재도 목표를 여기에 두어야 할 것이다. 정치적으로는 '인권', 경제적으로는 '시장'이 북한 내부정세를 변화시키고, 세력균형을 바꿀 최선의 전략수단이다. 이러한 변화를 통하여 북한이 개방개혁을 추진하면서 국제사회의 책임있는 일원으로 나올 때, 비로소 북핵 문제는 해결의 실마리를 찾게 된다.

1
북한 핵문제를 풀어가는 전략적 관점

북한은 예나 지금이나 미국의 핵 공격에 대응하기 위한 자위自衛 수단으로서 핵을 개발한다고 주장한다. 과연 그럴까? 북한이 핵을 개발하지 않고 세계 평화를 위협하지 않는데도, 미국이 북한을 정치·군사적으로 공격할 가능성이 있다는 말인가. 나의 상식으로는 이해가 가지 않는다. 물론 미국이 천사天使의 나라는 아니다. 미국은 다른 나라와 마찬가지로 국익國益을 대외정책의 기조로 삼는다. 그래서 세상 사람들은 미국이 자원에 대한 우위를 확보하기 위해 무리하게 이라크 침공을 결정했다고 말한다.

하지만 북한이 도발하지 않는 한, 미국이 북한을 침공할 이유는 어디에도 없다. 북한에 미국이 탐낼 자원이 있는가? 아니다. 미국은 세계의 경찰 역할을 하는 것만으로도 너무나 분주한 나라다. 중국이 이웃에 버티고 있다는 사실 역시 미국은 잘 알고 있다. 그러므로 북한이 자위를 위해 핵을 개발한다는 주장은 어불성설이다. 북한은 핵무기를 갖고 있다는 자부심으로 내부 결속을 다지면서 대한민국을 핵의 볼모로 삼기 위해 핵을 개발하고 있다. 미국을 비롯한 국제사회는 북한 핵이 테러수단으로 변질될 위험을 차단하기 위해 노력하고 있는 것이 현실이다.

우리 사회에서 북한의 핵 관련 주장을 그대로 받아들이는 사람들이 적지 않다. 이제는 인식을 바꿀 때가 되었다. 핵은 일단 터지고 나면 모든 것을 파멸시킨다. 터지기 전에는 공포라는 이름의 심리전 무기가 된다. 북한은 언제나 입만 열면 온갖 험악한 위협을 일삼고 있다. 이런 상대가 핵 단추에 손을 얹고 우리를 위협하기 시작하면 누가 이를 감당할 것인가. 우리 국민들이 북한 핵에 대해 정확한 인식으로 무장하지 않으면 안 되는 이유가 여기에 있다.

2013년 초 북한의 3차 핵실험 이후 정치권에서는 우리도 핵무장을 해야 한다는 주장들이 나왔다. 자체적으로 핵을 개발하자고 주장하는가 하면, 미국의 전술핵을 배치하자는 의견도 나왔다. 그러나 이는 하책下策이다. 우리가 북핵에 대응하여 핵무장을 한다고 해서 북한의 핵전략이 무력화되는 것이 아니기 때문이다. 대한민국에 핵이 있어도 북한의 핵 심리전은 멈추지 않을 것이다. 우리가 핵을 가진다고 하여 우리 국민들이 북의 핵 공갈에 위협을 느끼지 않는 것도 아니다. 따라서 상책上策은 북핵 개발을 저지하여 한반도 비핵화를 실현하는 것이다. 정치권이 최후까지 북핵 개발을 저지하기 위한 전략에 몰두하지 않고, 우리도 핵을 보유하자고 나서는 것은 결과적으로 북한의 의도에 말려드는 일이다.

북한의 핵 개발은 어떤 대가를 치르더라도 막아야 한다. 우리 속담에 '호미로 막을 것을 가래로도 막지 못한다'는 말이 있지 않던가. 북한 핵 보유는 통일을 막고 분단의 장기화를 몰고 올 위험이 대단히 높다. 이는 통일을 열망하는 민족의 염원을 배반하는 일이다. 통일의 길목을 가로막고 나설지도 모르는 북핵이라는 장애물을 사전에 막는 일은 우리의 신성한 의무이다. 통일이 되어야만 핵 문제가 해결된다. 이를 국제적으로 강조함으로써 한반도 통일을 위한 국제사회의 협조를 이끌어 내야 한다. 이를 위한 우리의 대응전략은 다음과 같다.

(1) 한반도 비핵화의 목표는 불변(不變)

현 단계에서 우리가 한반도 비핵화 목표를 수정한다면, 이는 국가의 이익에도 부합하지 않고, 통일 이후 한국의 위상과 역할에도 도움이 되지 않는다. 우선 국제사회의 지지가 약화되고, 다음으로 북한의 핵 보유를 정당화시켜줄 것이다. 결과적으로 북한 핵을 제거하려는 동력이 고갈되면서 분단이 고착될 수 있다. 그러나 우리가 비핵화 목표를 일관되게 추진한다면 국제사회의 신뢰를 확대하고, 특히 한국을 중심으로 하는 통일에 국제사회의 협력을 끌어낼 수 있다. 통일한국은 동북아시아의 경제통합과 번영의 중심 역할을 해야 하는데, 여기에는 통일독일처럼 핵이 없는 한반도가 최선이다.

(2) 우리가 주도적으로 북핵문제 해결에 나서야

지금까지 북핵문제는 미국, 중국이 주도하였다. 북한은 처음부터 남북 사이의 문제가 아니라 미국과 해결할 문제라고 주장했다. 북핵은 핵 비확산이라는 국제문제이기도 하지만, 우리 민족의 생존이 걸린 문제이다. 우리는 지난 20년 동안 국제사회가 해결해줄 것으로 기대하면서 소극적 역할에 머물렀던 과오를 반성해야 한다. 우리 민족의 통일과 번영을 위해 북핵 문제에 운명을 걸고 주도적으로 풀어낸다는 결의가 우선이다. 그래야만 미국, 중국 등 국제사회의 신뢰와 협력을 얻는 일이 가능해 진다.

(3) 북한 내부정세 변화를 적극적으로 추진

어떤 체제든 건물이든 균형 위에 서 있게 마련이다. 균형이 깨지면 체제도 건물도 무너지는 법이다. 북한의 지배층 가운데 체제 고수와 핵 개발을 밀어붙이는 세력은 소수의 강경파라는 것이 일반적인 분석이다. 다수 온건파의 생각은 다를 것이다. 북한 주민들은 정치적 억압과 굶주림에 고통받고 있다. 지금까지 한국과 국제사회는 강경파를 설득하려 노력해왔지만, 결과는 참담한 실패였다. 그러나 북한의 진정한 주인은 강경파가 아니라 북한 주민이다. 이제 주민과 온건파에 눈을 돌려야 한다. 이들이 세력의 중심에 설 수 있도록 전략을 추진해야 한다. 국제사회의 압력이나 제재도 목표를 여기에 두어야 할 것이다. 정치적으로는 '인권', 경제적으로는 '시장'이 북한 내부 정세를 변화시키고, 세력균형을 바꿀 최선의 전략수단이다. 이러한 변화를 통하여 북한이 개방개혁을 추진하면서 국제사회의 책임있는 일원으로 나올 때, 비로소 북핵 문제는 해결의 실마리를 찾게 된다.

(4) 한·미 동맹 체제를 더욱 공고하게 구축

북핵은 군사무기 이전에 공포를 앞세운 정치, 심리 무기이다. 존재 자체로써 적의 의도를 꺾을 수 있다. 그나마 다행스럽게도 우리 국민은 북핵에 대하여 불안하게 생각할 뿐, 두려워하지는 않는다. 사재기 소동이 없고 증시에 동요도 일어나지 않는다. 우리 군의 사기는 여전하다. 오히려 군 자원 입대자가 늘고 있다고 한다. 독자 핵개발이나 미군 전술핵의 재배치는 상책上策의 국가전략이 될 수 없다. 사실, 우리는 마음만 먹으면 단시일 안에 북한보다 우월한 핵무장이 가능하지 않은가. 북핵의 공포를 지우고 정치, 심리무기로서의 북핵을 무력화시키는 최선의 전략은 한·미동맹을 더욱 강화하는 것이다. 우선

노무현 정권 때 추진한 전시작전통제권 환수와 한미연합사 해체는 근본적으로 재검토되어야 한다. 원래 전시작전통제권은 미국이 독자적으로 행사하는 것이 아니라 한·미가 공동으로 행사하는 것이었다. 다만 한·미연합사의 사령관이 미군 대장이라는 점뿐이다. 전시에 한·미연합군이 공격, 방어 또는 상륙 등 작전계획을 세울 때, 군통수권자인 한·미 두 대통령이 모두 승인을 하지 않으면 안 된다. 한·미연합사도 두 나라 장교로 대등하게 구성하여 운영한다. 이것이 한·미연합사체제의 실상인데, 노 정권은 우리 작전통제권을 미국에 넘겨준 것으로 오도하고 이를 환수함으로써 한·미연합사의 해체를 추진하였다. 여기에 미국은 자신들의 신안보전략에 기초하여 이 요구를 수용하였는바, 이는 북한에 아주 좋지 않은 신호를 보낼 것임이 틀림없다.

그러므로 한반도정세의 근본적 변화가 있을 때까지 한·미연합사체제를 유지하는 방향으로 정책의 전환이 있어야 한다.

(5) 중국과의 신뢰를 키워야

오바마 미국 대통령이 중국의 대북정책 변화를 언급하였다. 실제로 중국은 2012년 말 북한의 장거리 미사일 발사, 2013년 초 3차 핵실험에 대하여 유엔안보리에서 미국과 논쟁 없이 강력한 제재에 합의하였다. 중국의 대북정책이 변화하고 있다는 증거임이 분명하다.

한반도의 장래에 관하여 우리와 중국 사이에 신뢰가 없다면, 그러한 변화는 또다시 우리의 기대에 찬물을 끼얹을 가능성이 크다. 우리는 중국에 대하여 한반도의 비핵화를 이루겠다는 확고한 믿음을 주어야 한다. 또 평화적으로 통일된 한반도가 동북아의 평화와 번영에 얼마나 크게 기여할 것인지, 그것이 얼마나 중국의 국가이익에 부합할 것인지, 서로 간에 이해와 신뢰를 높여야 한다. 미국과 동맹한 한국이 역설적으로 중국의 안보와 경제발전에 유리하다는 점을 설득하는 일은 어렵지 않을 것이다. 중국은 북한의 바람직한 정세 변화에 열쇠를 쥐고 있다. 현재 북한 무역의 80% 안팎이 중국에 편중되어 있다는 사실도 그 열쇠의 하나이다.

(6) 전략적 군사 대응력과 한반도 신뢰 프로세스

북한의 핵 위험을 최소화할 수 있는 군사대응은 시급하다. 북한의 핵사용 징후가 포착되었을 때, 선제타격을 통해 이를 무력화시키는 것은 우리의 신성한 권리이다. 우리는 독자적인 정보전력, 타격전력의 증강을 서둘러야 한다. 이를 위해 현재 GDP 대비 2.5% 수준인 국방비를 3% 수준까지 끌어올려야 할 것이다.

박근혜 대통령이 주창하는 한반도 신뢰 프로세스가 중요하다. 현 정부의 대북정책은 북한의 핵 보유를 절대 인정하지 않고, 북한의 어떤 도발도 용납하지 않는다. 그러면서 대화의 창을 열어놓고 하나

하나 신뢰를 키워 문제를 해결해나간다는 것이다. 나아가 '동북아 평화협력구상'을 통해 북한뿐만 아니라 중국, 일본 등 동북아 역내 국가들과도 신뢰를 키워 한반도 문제 해결에 도움이 되게 하고, 나아가 동북아의 평화와 번영을 목표로 하는 경제공동체를 지향한다. 과거 북한의 강경파들을 설득하기 위한 햇볕정책, 북한의 선先 핵 포기만을 요구한 소극적인 대립정책은 둘 다 이미 한계를 드러냈다. 이같은 상황에서 설계된 박근혜 대통령의 새로운 대북정책 틀 안에서 앞에 설명한 대응전략들이 함께 추진될 수 있을 것이다.

2
국제사회와 함께 풀어가는
북한 인권

(1) 북한 인권 개선에 앞장서는 국제사회

인권이야말로 인류 보편의 가치이다. 인권은 한 나라 안의 문제에 그치지 않고, 국제정치 영역이기도 하다. 국제사회는 북한 인권문제에 많은 관심을 기울인다. 그러나 정작 대한민국은 북한 인권에 대해 믿지 못할 정도로 냉담하다. 우리 헌법상 북한 주민은 명백히 우리 국민에 속한다. 헌법이 추구하는 최고 가치는 인권이다. 국가는 국민이 인간으로서의 존엄과 가치를 누릴 수 있도록 하기 위해 존재한다. 지금도 북한 정치범수용소에는 수십 만 명이 갇혀 참혹한 학대에 시달리고 있다. 그리고 국경을 탈출하는 북한 주민들이 사살되는 등 생명의 위협에 직면하고 있다는 소식이 귀가 따가울 정도로 들린다. 우리가 북한 인권을 소홀히 하는 것은 참으로 부끄러운 일이다.

1990년대 중반부터 북한 주민들의 고난에 찬 탈출 행렬이 시작되었다. 대부분 중국을 통해 탈출하고 있는 이들의 목적지는 한국이다. 그러나 중국은 대다수 탈북 주민들을 체포하는 대로 북한에 송환하고 있다. 송환되는 사람들에게 어떤 운명이 기다리고 있을 것인가. 이런 현실을 눈으로 보면서도 역대 정권은 침묵했다. 탈북자를 한국에 보내라고 중국에 딱 부러지게 요구하고 설득하는 당연한 조치가 미흡했다. 탈북주민들의 인권은 곧 대한민국의 문제이며, 국제사회는 이들에 대한 반인륜 범죄를 저지할 권능을 가지고 있다. 중국에 대한 우리의 요구는 정당하고, 중국 또한 인권에 대한 국제사회의 시선視線과 압력으로부터 자유로울 수 없다.

북한 인권을 개선하고자 하는 국제사회와 우리의 노력은 참으로 대조적이다. 유엔 총회는 2013년 12월 18일 '북한 인권 결의안'을 채택하였다. 지난 2005년 유엔 총회가 최초로 결의안을 채택한 이후 한 번도 거르지 않았으니, 9년째인 셈이다. 전 세계가 앞장서서 북한을 최악의 인권 유린국으로 규탄하고 있는 것이다.

유엔 총회의 북한 인권 결의안은 정치범 수용소의 폐지와 북한으로 강제 이송된 탈북자들의 참혹한 인권 상황을 개선하라고 다시 촉구하였다. 유엔 인권이사회는 '북한 인권 조사위원회'를 만들어 활동해오고 있다. 미국은 북한 인권 관련 법안을 2004년에, 일본은 2006년에 제정해서 시행해오고 있다. 미국 정부는 2013년 1월 탈북 어린이들을 보호하기 위한 '북한 어린이 복지법'도 만들었다. 캐나다 정부는 2013년부터 '북한 인권의 날'을 지정, 북한 주민들이 더 이상 인권 유린을 당하지 않도록 각종 사업을 펼치고 있다.

(2) '북한인권법안' 방치는 국회의 직무유기

국제사회가 기울이는 북한 인권 개선 노력은 가상하다. 이에 비하면 한국은 뒷짐을 지고 있는 형국이다. 우리 국회는 2005년에 북한 인권법 제정안을 처음 발의한 이래 폐기와 재 발의를 거듭하면서 법안을 제정하지 않고 있다. 유엔 총회가 9년째 결의안을 채택하고 있는데, 우리 국회는 9년째 입법을 방치하고 있는 것이다. 현재, 북한인권법안은 국회 외교통상통일위원회에 계류중이다. 정치권 일각에서는 북한인권법안이 북한 정권을 자극할 수 있다면서 반대하고 있다. 허무맹랑한 주장이다. 물론, 이런 반대 이유가 북한 주민의 인권 유린을 못 본체하자는 주장이 아니길 바란다. 국회는 하루빨리 초당적 합의로 북한인권법을 제정해야 한다. 헌법상 우리 국민인 북한 주민이 인권을 누리게 하자는 법안을 방치하는 것은 국회의 직무유기라고 할 수밖에 없다.

튀니지에서 촉발된 재스민 혁명이 아랍세계 전역으로 확산되었다. 이 혁명으로 국민을 억압하던 튀니지, 이집트, 리비아의 낡고 병든 독재정권들이 차례로 무너졌다. 재스민 혁명의 성공을 뒷받침한 국제사회의 개입 명분은 다름 아닌 인권이었다. 그 어떤 정권도 국민의 인권을 유린할 수 없다. 폭압적 권력에 저항하는 국민을 살해하거나 압제와 기아機餓에 시달리다 못해 국경을 탈출하는 국민에게 총을 쏘는 행동은 반인륜 범죄로서, 이는 곧 국제사회의 제재에 직면하게 된다.

통일 전 서독은 동독 탈출주민들을 적극적으로 포용해, 통일 직전 그 인원이 100만 명에 이르렀다. 1989년 9월 30일 당시 서독 외상 겐셔Hans-Dietrich Genscher는 프라하에 있던 탈 동독주민 6,000명을 특별열차를 이용해 한꺼번에 입국시키기도 했다. 줄잡아 탈북자가 30만 명이 넘는 오늘, 한국에 들어온 사람은 고작 2만 6천 명 남짓이다. 그나마 그들을 포용하는 정책이 소극적이어서 불만이 높아지고 있다. 앞으로 정부는 목숨을 걸고 탈출한 주민들을 강렬한 의지로 포용하는 정책을 추구해야 한다. 국제사회와의 적극적인 협조를 통하여 신성불가침한 탈북주민들의 인권을 뜨겁게 포용하는 일로부터 통일의 문이 활짝 열릴 것으로 믿는다.

제**6**부

통일은 경제다

통일은 지긋지긋한 분단의 종말을 의미함과 동시에 길고 힘든 통합의 시작을 의미한다. 물론 반세기 훨씬 넘게 이질적 체제에 살았던 남과 북이 하나의 체제로 통합되기 위해서는 적지 않은 노력과 비용이 요구될 것이다. 그러나 이는 통일조국을 건설하는 한시적인 진통에 지나지 않는다. 이 진통은 통일이 가져다줄 새로운 경제 영역과 기회에 비하면 아무것도 아니다.

1
통일비용을 바로 본다

2001년 3월 이르쿠츠크에서 개최된 러·일 정상회담 때의 일이다. 러시아 푸틴 대통령은 일본 모리 총리에게 한반도 통일은 예상보다 빨리 올 수 있으며, 통일된 한반도는 강대국으로 부상할 것이라는 취지의 말을 하였다. 이 발언은 반년쯤 비밀에 부쳐졌다가 일본 측에서 흘려 우리 언론에도 보도되었다.

2001년 5월 서울을 방문한 중국 전인대 상무위원장(우리 국회의장에 해당) 리펑李鵬은 이런 의미심장한 말을 하였다. "하나의 민족이 인위적으로 분단되어 오래가는 것은 좋지 않다. 한반도가 통일되면 한민족뿐만 아니라 이웃 모든 나라에도 이익이 될 것이다."

세계적인 경제사학자 퍼거슨N. Ferguson 하버드대 교수의 지적을 들어보자. 그는 2020년 이내에 한반도 통일이 이루어지리라고 내다봤다. 독일 통일 이전, 소련의 지원이 멈추자 동독이 사라졌듯이, 현재 중국은 북한에 대해 큰 부담을 느끼고 있다는 것이다. 퍼거슨 교수는 수년 내 한반도의 재통일이 역사상 가장 위대한 사건 중 하나로 기록될 것이라고 강조했다. 이렇게 외부세계는 한반도 통일에 대해 긍정적이고 낙관적인 시선을 모으고 있다. 정작 우리 내부에서는 통일의 미래에 대하여 아직도 부정적이고 비관적인 시각이 만만치 않다. 한반도의 주인인 우리가 오히려 통일의 미래에 대한 확신을 갖지 못하고 있으니, 참으로 부끄러운 일이 아닐 수 없다.

많은 사람들은 한반도가 독일처럼 갑작스런 통일을 하게 되면, 사회적 혼란과 천문학적 통일비용을 감당하지 못하고 큰 재앙에 직면하지 않을까 걱정한다. 이는 기우杞憂에 불과하다. 통일은 지긋지긋한 분단의 종말을 의미함과 동시에 길고 힘든 통합의 시작을 의미한다. 물론 반세기 훨씬 넘게 이질적 체제에 살았던 남과 북이 하나의 체제로 통합되기 위해서는 적지 않은 노력과 비용이 요구될 것이다. 그러나 이는 통일조국을 건설하는 한시적인 진통에 지나지 않는다. 이 진통은 통일이 가져다줄 새로운 경제 영역과 기회에 비하면 아무것도 아니다.

우선 통일비용을 보자. 통일비용이 몇 천억 달러, 심지어 몇 조 달러에 달한다는 말은 합리적이지도 않고 심지어 악의적일 수 있다. 어디까지를 통일비용으로 계산하는지도 문제지만, 어느 누구도 그 통일비용의 지출을 강제하지 않는다. 통일이 되면 북한 지역에 공공 인프라를 건설하는데 많은 투자가 필요하다. 이는 통일 정부가 감당해야 하지만 재원의 조달 방법, 투자 시기 등에 있어서 융통성이 많다. 공공투자가 이루어지면 민간투자가 뒤따를 것이다. 이 민간투자는 통일비용이라 할 수 없다.

통일 이후 북한 주민에 대한 사회보장 통합에는 정부의 재정투자가 필요하며, 여기에는 어떤 융통성도 없다. 요즘 우리 사회에서 통일세 논의가 있지만, 북한 주민에 대한 연금과 실업수당 지급, 의료

비 지출 등 재원을 마련하기 위해 독일의 경우처럼 약간의 증세가 필요할 것이다. 그러나 우리나라는 독일의 경우보다 사회보장 수준이 매우 낮기 때문에 정부의 재정부담은 독일보다 훨씬 적을 것이 분명하다. 별 문제가 되지 않는다는 말이다. 오히려 북한 지역에 대한 공공투자와 그 뒤를 따르는 민간투자는 수많은 일자리와 소득을 창출하여 우리 경제에 새로운 활력을 불어넣게 될 것이다.

결국, 통일비용은 두려워할 대상이 아니라 창조적 진통이며 투자의 기회로서 의미를 갖고 있다고 할 수 있다. 통일이 되면 분단비용이 사라진다. 남과 북이 분단을 관리하기 위해 지출하는 경제적, 정신적 비용은 계산이 되지 않을 정도로 엄청나다. 이 비용이 사라지면 그 재원을 생산과 복지로 돌릴 수 있다. 통일비용으로 국민을 겁주는 사람들이 사라져 버릴 분단비용에 침묵하는 것을 보면, 그들이 과연 통일 의지를 갖고 있는지 의심스럽다.

2
통일은 북한과 동북아시아
번영에 새로운 기회

　이제 통일이 가져다줄 경제의 새 영역과 기회를 살펴보자. 북한 지역은 우리 경제 개념으로 보면 진공眞空상태와 같다. 모든 것을 새로 건설해야 한다. 앞서 말한 바와 같이 공공 인프라 건설과 동시에 민간 기업투자가 봇물을 이룰 것으로 예상된다. 여기에는 값싼 노동시장을 찾아 해외로 진출해야 했던 노동집약산업은 물론 첨단산업 투자가 포함됨은 물론이다. 북한지역의 값싼 토지공급과 풍부한 노동시장, 대륙과 연결되는 지리적 이점은 우리 기업뿐만 아니라 글로벌 기업에도 큰 매력이 될 것이다.

　통일 한국의 경제 영역은 한반도에 머물지 않는다. 중국 경제성장은 남부와 연안 중심으로 추진되었기 때문에 압록강, 두만강 이북의 동북 3성은 상대적으로 낙후되어 있다. 연해주를 비롯한 러시아 극동 지역 또한 개발의 손길을 기다리고 있다. 이 두 지역의 면적은 한반도의 수십 배에 이르고 인구는 1억 명을 훨씬 넘는다. 몽골을 비롯한 중앙아시아도 매력적인 시장으로 부상할 것이다.

통일이 되면 이 지역은 자연스럽게 우리 경제의 생산, 소비 시장으로 편입될 것이다. 나는 최근 연해주를 방문하여 우리 기업들의 농업투자 현장을 살핀 일이 있다. 한 농장 면적이 3억 평을 넘는 곳도 있었다. 통일 이후 농업협력이 본격화될 경우, 미구에 닥칠 식량 위기도 극복이 가능하다. 또한 사할린 등지의 풍부한 에너지 자원 개발협력이 활성화되면, 우리 산업 경쟁력이 크게 향상될 수 있을 것이다.

한반도 분단은 동북아의 대립과 갈등을 키운다. 그러나 통일이 되면 동북아 갈등구조는 해소되면서 화해와 협력의 흐름이 대세를 이룰 것이다. 통일 한국은 그 중심에 설 것이다. 통일독일이 유럽통합의 기관차 역할을 감당했듯이, 통일한국도 동북아 통합에서 그 역할을 감당해야 한다.

각 대륙마다 통합이 대세를 이루고 있다. 유독, 동북아에만 대립과 갈등이 커지고 있다. 중국의 부상과 일본의 국가주의 팽창이 동북아 정세를 어둡게 하는 원인이다. 하지만 궁극적으로 동북아는 통합을 지향해야 한다. 한반도 통일은 그 출발이 될 것이다. 통일한국은 중국, 일본, 러시아와 신속하게 자유무역협정을 체결하여 성장 동력을 확충할 수 있을 뿐만 아니라, 앞서 말한 대로 동북아 통합을 주도하면서 경제 영역을 확대해나가야 한다. 한반도와 중국, 일본, 극동 시베리아를 통합하면, 현재를 기준으로 하더라도 GDP 규모에서 EU나 미국에 뒤지지 않는다. 10~20년 후를 내다볼 때, 통합된 동북아가 세계 경제를 주도해나갈 것은 너무도 명약관화하다.

3
통일은 창조경제
실현을 위한 돌파구

현재 우리가 직면하고 있는 가장 큰 사회·경제적 도전은 무엇인가. 실업과 빈부격차 그리고 노령화이다. 이는 우리뿐만 아니라 세계 대부분의 나라가 당면하고 있는 문제이다. 앞으로 아무리 유능한 대통령이 나와도 이 과제를 시원하게 풀기는 어렵다. 성장의 원천과 동력이 약화되는 상황에서 일자리를 만들고 중산층을 확충하며 출산을 장려하는데 한계가 있기 때문이다. 그러나 통일을 통하여 확대되는 넓은 시장, 협력과 통합을 통해 창조되는 새로운 기회야말로 절망적인 실업과 빈부격차를 완화하고 저출산 문제를 풀어나가는 돌파구가 될 것이다.

낡은 체제 때문에 절망적 빈곤에 허덕이는 북한 주민들에게 통일은 새로운 세상으로 나아가는 관문이 된다. 통일 당시 동독 주민의 소득수준은 서독 주민의 5분의 1 정도였다. 그러나 통일 이후 동독 주민의 실질소득은 빠른 속도로 향상되어 통일 10년이 되는 90년대 말 이미 92% 수준이 되었다. 통일이 되면 북한 주민의 소득 증가 속도는 독일의 경우보다 훨씬 빠를 것으로 예상된다. 북한지역의 경제 개발 속도나 북한 주민들의 역동성이 동독의 그것보다 더 강렬할 것이기 때문이다.

그러므로 우리는 만난萬難을 이겨내고 통일을 성취해야 한다. 분단을 몰고 온 국제적 냉전이 완전히 해체된 지 20년이 지나도록 통일을 이루지 못하고 있는 것은 순전히 우리들의 책임이다. 통일을 향한 확신과 열정으로 분단을 고집하는 작은 얼음을 녹여내면 통일의 문은 열리게 되어 있다.

제 7 부

하늘과 바다, 땅을 둘러싼 한·중·일의 신 삼국지

한·중·일 3국은 이번 방공식별구역 사태를 계기로 해서 일단 대화의 자리를 자주 마련해야 한다. 방공식별구역 문제 말고도, 과거 역사 인식과 영토.영해 분쟁, 통상.문화 교류의 확대와 재난 공동 대처, 치안 협력 등은 물론이고, 북한 핵 문제에 이르기까지 협의하면서 해결해야 할 과제들은 산적해 있다. 이 과제들은 하나같이 회피하거나 마다할 이유가 없는 것들이다.

1
동북아의 소용돌이와
아시아 패러독스

동북아시아가 소용돌이를 치고 있다. 지역 내 갈등과 긴장의 파고波高는 정확한 예측이 어려울 정도이다. 동북아 지역은 세계인이 부러워하는 경제 성장과 발전을 지속해 왔다. 세계인들로부터 21세기에는 동북아 지역이 세계의 중심이 될 것이라는 칭송을 받았다. 이 지역이 긴장과 갈등에 휩싸일 경우, 국제 평화와 번영의 기반은 흔들릴 수밖에 없다. 국제 사회가 우려의 눈으로 바라보는 것은 당연하다.

동북아 지역의 주 역할자는 중국과 일본, 그리고 한국이다. 이 세 나라는 역사 인식에 대한 차이로부터 정치적 갈등, 영토 및 영해 분쟁과 경제 경쟁 등에서 바람 잘 날이 드물었다. 근래에는 자국의 관할구역과 방공식별구역(ADIZ: Air Defense Identification Zone)을 둘러싸고 대립 양상을 보이고 있다.

동북아시아의 해묵은, 그러나 늘 잉태되는 지역적 갈등을 해소하는 길은 정말 없는 것일까. 중요한 해결의 근원을 찾는 열쇠는 과연 무엇인가. 최근 발간된 미국 브루킹스 연구소의 보고서는 우리에게 중요한 시사점을 던져주고 있다. 이 보고서는 "동북아 갈등 사태가 지역적 안정과 번영에 직결되기 때문에, 중국·일본·한국은 상황의 심각성을 이해하고 해결책을 찾는 책임을 분담해야 한다"고 지적하였다. (Evans J. R. Revere, "동북아시아의 행방은? 분쟁지역에서 갈등 해소 및 긴장관리방안", 2013년 12월)

맞는 말이다. 한·중·일 3국은 지역 내 대립과 갈등을 해소하는 해결책을 찾아내야 한다. 그래서 지역의 안정과 번영을 지속시켜야 하는 책임을 완수해야만 한다. 힘의 균형이 바뀌면, 국제관계는 불안정한 늪으로 빠져온 것이 국제정치의 상식이다. 중국은 신형 대국관계(G2)를, 일본은 적극적 평화주의와 집단적 자위권을 들고 나왔다. 한국 역시 국제사회에서 달라진 위상을 반영해야 할 처지에 놓여 있다. 결코 만만하게 볼 수 없는 신新 삼국지의 형국이 연출되고 있는 것이다.

"아시아 패러독스paradox(역설)'라는 말이 있다. 아시아에서 경제적

상호의존과 보완성은 날로 깊어가지만, 정치·군사 분야나 사회 부문 등에는 갈등과 대립양상이 깊어지는 현실을 지칭하는 용어다. 이 역설은 이제 멈출 때가 됐다. 그러자면 당사국들끼리 상호 이해를 토대로 하는 호혜 평등 원칙이 기준이 되어야 한다. 당사국들은 이 원칙을 기준으로 하여 대화와 협력의 길로 나서야 한다. 결코 쉬운 일이 아니지만, 해결책의 접점을 지속적으로 찾아가야 하리라고 본다.

2
방공식별구역의
한·중·일 신(新) 삼국지

정부는 2013년 12월 8일 한국방공식별구역(KADIZ)을 새로 조정해 선포했다. 이번 선포는 1951년 6·25전쟁 당시 미국 공군이 최초로 설정한 내용을 62년 만에 구역을 확대, 재설정한 것이다. 그동안 잠잠했던 방공식별구역이 급부상한 것은 11월 23일 중국이 일방적으로 선포한 중국방공식별구역(CADIZ) 때문이다. 따라서 한국 정부가 이에 대응하여 방공식별구역을 재조정한 것은 미·중·일 등 주변국 사이에서 우리의 영토·영해 주권을 수호하겠다는 의지를 명확히 밝혔다는 점에서 상징적 의미가 크다. 중국의 일방적 방공식별구역 발표에 적극 대응하면서, 과거 미·일이 정해 놓았던 방공식별구역을 우리 안보 이익에 맞게 주도적으로 변경한 것은 잘한 일이다.

그러나 중국과 일본이 우리가 선포한 KADIZ를 그대로 인정할지

불확실하다. 실제로, 중국 정부는 11월 28일 한·중 국방전략대화에서 자국의 구역 재조정에 관한 논의를 거부한 것으로 알려졌다. 한·중·일 3국은 당분간 자신들의 방공식별구역을 고수하는 입장을 취하리라고 본다. 이에 따라 중국이나 일본이 사전 통보 없는 항공 도발이나 추가 방공식별구역의 확대로 대응할 경우, 3국 간 갈등이 증폭될 것이라는 우려도 나온다.

이번에 정부가 재설정한 KADIZ는 민간 항공기에 대한 관제를 위해 국제민간항공기구(ICAO)가 만든 우리의 비행정보구역(FIR)과 일치한다. 국제기구가 정한 기준인 만큼 국제 규범과 관례에 어긋나지 않아 분쟁의 소지가 줄어들고, 중·일과의 방공식별구역 협상 때도 유리한 위치를 점할 수 있다.

한국 정부는 "이어도를 비롯한 마라도, 홍도 등이 한국방공식별구역으로 포함된 새로운 KADIZ 조정안을 마련했다"면서 "우리 정부는 방공식별구역 관련 법령을 근거로 군 항공작전의 특수성, 항공법에 따른 비행정보구역의 범위 및 국제관계 등을 고려해 KADIZ 범위를 조정했다"고 밝혔다. 이번에 확대한 KADIZ에는 일본방공식별구역(JADIZ)에 들어 있는 홍도도 포함돼 있다. 우리 정부가 신속하게 이어도와 마라도, 홍도 등의 하늘을 KADIZ로 확대 선포한 것은 해양자원 보고라고 불리는 이어도 해역에 대한 관할 의지를 대외적으로 천명했다는 점에서 뜻깊다.

한국 정부는 새롭게 조정된 한국방공식별구역을 12월 15일 오후 2시경부터 정식 발효시켰다. 한국 국방부는 "12월 8일 선포한 KADIZ의 효력이 12월 15일 오후부터 발생했다"면서 "우리 공군 항공통제기(피스아이)가 발효 직후 이어도 남단 KADIZ 구역까지 감시비행에 나섰다"고 밝혔다. 피스아이는 그동안 정기적으로 KADIZ를 감시하는 임무를 수행해 왔지만, 새로운 KADIZ에서 작전 수행을 한 것은 이번이 처음이다. 이날 감시비행 구역은 이어도 상공, 마라도와 홍도 남단 상공 등 새롭게 KADIZ에 포함된 영역에 집중됐다.

특히 한국군 당국은 "중국의 동중국해 방공식별구역을 인정하지 않는다"는 정부 방침에 따라 피스아이가 감시비행에 나가는 비행계획을 중국 측에 통보하지 않았다. 다만 일본에 대해선 향후 협의가 이뤄질 때까지 기존의 방침에 따르기로 한 만큼, 일본 측에는 비행계획을 통보했다. 정부는 "KADIZ와 일본방공식별구역이 중첩되는 부분에 대한 조정을 위해 한·일 간 논의를 할 계획"이라고 밝혔다.

한국군은 새로운 KADIZ가 발효된 만큼 KADIZ에 대한 초계활동을 더욱 강화해야 한다. 해군은 매주 2~3차례 계획된 해상 초계기(P3-C)의 KADIZ 초계활동을 주 4~5회로 증가시키는 방안을 검토 중이다. 해군 구축함도 이어도 해역에 대한 초계활동을 위해 자주 출동시킬 계획이다.

3
방공식별구역의 재조정에 따른 전력 증강 등이 시급

한·중·일 3국은 그동안 정도의 차이는 있지만, 경제 성장과 국력 증강에 몰두해 왔다. 그 결과, 국제사회가 부러운 눈으로 바라보는 대상이 되었다. 하지만 동북아시아 지역 내의 평화 여건을 조성한다든지, 새로운 국가 간 관계를 정립하는 노력은 미흡했던 것도 사실이다. 거시적으로 보면, 이는 역사적 전환기 속의 혼돈 상태라고 할 만하다.

한·중·일 3국은 이번 방공식별구역 사태를 계기로 해서 일단 대화의 자리를 자주 마련해야 한다. 방공식별구역 문제 말고도, 과거 역사 인식과 영토·영해 분쟁, 통상·문화 교류의 확대와 재난 공동 대처, 치안 협력 등은 물론이고, 북한 핵 문제에 이르기까지 협의하면서 해결해야 할 과제들은 산적해 있다. 이 과제들은 하나같이 회피하거나 마다할 이유가 없는 것들이다. 3국은 과제별로 실무급 회담을 열어 논의하고, 필요할 경우 양자간, 다자간 정상회담도 개최해야 한다. 지난 2008년부터 개최됐던 3국 정상회담은 다시 정례화해야 한다. 이미 설치되어있는 한·중·일 3국 공동 사무소의 기능도 더욱 활성화해야 할 것이다.

물론, 동북아의 현실은 녹록치 않다. 중국이 힘을 과시하고, 일본 역시 시대를 역逆주행하는 상황은 언제든지 대형사고의 가능성을 예고하고 있다. 일본의 아베 총리가 야스쿠니 신사를 전격 참배한 일만 해도 그렇다. 아베는 일본 군국주의 망령에 발을 들여 놓았다. 한국 정부는 "시대착오적 행위에 개탄과 분노를 금할 수 없다"는 정부 대변인 성명을 내놓았다. 중국 외교부는 "역사 정의와 인류 양식에 도전하는 행위로 강력한 분노"를 표시했다. 미국 정부도 주일 대사관 성명과 국무부 대변인을 통해 "주변국과의 갈등을 악화시킬 행동에 실망감을 금할 수 없다"고 이례적으로 강력히 비판했다. 국제사회가 입을 모아 '외톨이 일본'의 분탕질을 규탄하고 있는 것이다. 일본은 갈림길에 서 있다. 동북아시아에서 지도적 위치로 바람직한 길을 갈 것인지, 계속 험난한 파고를 헤쳐가다 난파難破당할 것인지를 쓰라린 자국 역사의 경험에서 배워야 한다.

우리나라는 이번 방공식별구역의 재조정을 계기로 도전과 기회를 동시에 맞게 되었다. 한국은 이 조치로 인해 현 남한 면적의 3분의 2 수준과 맞먹는 관할구역 상공을 추가로 편입했다. 다른 한편으로는 이어도를 중심으로 중국, 일본과 구역이 겹치기 때문에, 앞으로 한국 정부의 대외적 협력 역량이 시험대에 오르게 되었다. 우리 앞에는 당면한 동북아의 정세 변화가 만만치 않다. 게다가 이어도 상공까지 지켜야 할 우리 전투기의 작전 능력은 충분치 못한 실정이다. 당장 공중 급유기를 도입한다든지 이지스함을 더 건조해야 하는 등의 전력 증강을 서두를 때이다. 우리를 지킬 충분한 힘이 없으면 평화도 없는 법이다.

제 **8** 부

평화통일의 걸림돌을
디딤돌로 바꾸자

우리 사회에서 모처럼 통일 논의가 한창이다. 국제 사회도 북한 정세가 유동적임을 지적하면서, 한국이 주도하는 한반도 평화통일을 대안으로 내세우기 시작했다. 바람직한 일이다. 통일은 우리가 경제 혁신, 민족 대도약을 향해 가는 가장 확실하고 가까운 지름길이다. 세계 제일의 스마트폰을 만든 우리가 스마트 통일한국을 세우지 못할 리 없다. 통일한국이야말로 한반도의 르네상스 시대를 활짝 열어가게 해줄 것이라고 굳게 믿어 의심치 않는다.

1
동북아의 정세 변화가
심상치 않다

석학 키신저H. Kissenger 박사가 한 불길한 경고가 머리에서 지워지질 않는다. 그는 2014년 2월 1일 뮌헨안보회의(MSC)에서 "중국과 일본의 긴장 국면이 격화되면서 전쟁이라는 유령이 아시아를 배회하고 있다"고 지적했다. 그의 박사학위 논문을 토대로 한 저서 「회복된 세계A World Restored」를 읽어보면, 그 통찰력이 섬뜩할 정도이다. 그는 국제정치사에서 평화기간이 길고, 국제질서가 정통성을 저버리게 되면, 여지없이 군비 증강과 전쟁의 길로 갔다고 역설했다. 오늘날 동북아시아는 과연 어느 길로 가고 있는 것인가.

동북아 지역의 정세가 다시 요동치고 있다. 북한은 2012년 12월 장거리 로켓의 발사에 성공한 데 이어, 2013년 2월에는 제3차 핵실험을 실시했다. 이 핵실험에서는 '나가사키급' 핵 폭발력을 보인 것으로 알려졌다. 이에 따라 북한이 '핵무기 능력을 가졌다'는 평가를 내리기도 했다. 북한은 2012년 4월 수정한 헌법 전문에 '핵무기 보유국'임을 명시했다.

이처럼 북한이 핵무기 보유국의 지위를 노리면서 한반도를 둘러싼 동북아의 세력균형이 크게 흔들리고 있다. 북한의 연이은 핵실험으로 유엔안보리는 만장일치로 대북 제재를 결의했다. 북한은 이를 거부한다고 발표했다. 북한은 지난해 정례적인 한·미 키 리졸브 및 독수리 연합군사연습이 시행되자, '핵전쟁 불사' 운운하면서 강하게 반발하였다. 이 과정에서 북한은 개성공단을 사실상 폐쇄시키는 조치를 취하기도 했다.

2013년 6월 미·중 정상회담에서 양국은 신형 대국관계에 합의를 했다. 동북아 지역의 정세도 완화되는 듯했다. 신형 대국관계는 기성 대국인 미국과 신흥 대국인 중국이 서로 핵심이익을 존중하면서 지역 현안을 협력해 풀어가자는 의미이다. 만약 미·중 정상의 합의대로만 이루어진다면, 동북아지역은 평화와 안정을 되찾을 수 있게 될 것이다.

그러나 현실은 그렇게 순탄하게 흘러가지 않았다. 센카쿠열도(중국명 댜오위다오 섬)를 둘러싸고 중국과 일본의 힘겨루기는 계속되었다.

북한 핵문제를 풀기 위한 6자회담은 중국의 중재외교에도 불구하고, 재개 조건을 놓고 한·미·일 3국과 북한 사이에서 이견이 좁혀지지 않아 다시 해를 넘기게 되었다.

2013년 10월 미·일 외교국방장관회의에서는 일본의 군사력 증강과 집단적 자위권의 행사에 대해 미국이 지지를 표명하였다. 또한 중·일 간 분쟁지역인 센카쿠열도를 미·일 안보조약의 대상에 포함시키기로 하면서, 동북아지역의 정세는 새로운 단계로 넘어가게 되었다. 중국 정부는 센카쿠 문제에 대해 강하게 반발하였다. 한국 내에서는 미·일 주도의 미사일 방어망(MD) 참가와 일본의 집단적 자위권 행사를 받아들일 것인지를 놓고 논란이 확산되었다.

일본정부는 집단적 자위권의 행사를 적극적 평화주의로 포장해 국제사회의 지지를 구하고 있다. 하지만 이는 그동안 일본정부가 견지해 왔던 전수專守방위 원칙을 스스로 저버리는 것으로서, 사실상 '평화헌법'을 개정하는 것이나 다를 바 없다. 또한 한반도 유사시 일본 자위대가 개입할 수 있는 길을 열어놓을 수 있다는 점으로 볼 때, 동북아지역에서 일본의 군사적 역할을 높여보자는 속셈이다.

중국의 방공식별구역(CADIZ) 선포는 새로운 지역분쟁의 불씨가 되고 있다. 중국의 이 같은 조치는 센카쿠열도 문제와 밀접한 관련이 있다. 일본이 센카쿠열도를 국유화하면서 중·일 간의 마찰은 고조되기 시작했다. 마침내 2013년 11월 중국이 센카쿠열도를 포함하는 동중국해 일대에 중국방공식별구역을 일방적으로 선포하면서 동북아에 안보 먹구름이 드리워져 있다. 중국이 다방면에서 걸쳐서 계속 힘을 키워가고, 일본 정부가 이를 견제하고자 대응력을 행동으로 옮기고자 하는 이상, 이 같은 추세는 지속될 것으로 보인다.

중·일 관계의 악화는 단순히 양국관계에 그치는 것이 아니다. 한반도와 동남아지역 등 아시아 전체의 세력판도에도 부정적인 영향을 미치고 있다. 이러한 일련의 사태가 안고 있는 본질은 미국 주도로 만들어진 동북아 지역 질서를 바꾸려는 시도에서 출발했다. 즉 힘이 세진 중국이 현상을 변경하고 새로운 질서를 만들고자 행동에 나서면서 비롯된 것이다.

이는 미·중 양 정상이 합의한 신형 대국관계의 해석 차이로 나타나고 있다. 미국은 신형 대국관계를 냉전시대 미국이 설정한 기존질서의 현상유지를 토대로 해서 지역 현안을 해결하는데 협조한다고 이해하고 있다. 반면, 중국은 미국이 일방적으로 설정한 냉전 시대의 질서를 중국의 국력에 걸맞게 재조정해야 한다고 생각하는 것이다. 중국은 그동안 미국 주도로 설정된 방공식별구역이나 해상교통로에 대한 통제권, 한·일에 제공하는 핵우산, 한·미동맹 및 미·일동맹 등을 이 재조정의 범주에 넣고 있다.

중국은 이제 기존 질서를 인정할 수 없다면서 새로운 구도를 세우려 하고 있다. 이렇게 해서 나온 것이 동중국해에 대한 중국의 방공식별구역 선포이며, 최근 일부 전문가들이 제시하는 '미국의 핵우산 폐해론'이다. 중국은 그동안 미국의 핵우산 제공이 한국과 일본의 핵무장을 억제한다고 보면서 비교적 긍정적으로 평가해 왔었다. 그런데 최근에는 미국의 핵우산 제공 약속이 오히려 북한 핵문제의 해결을 어렵게 하고, 군사적 긴장을 고조시킨다며 비판하기 시작했다.

미·일과 중국 사이의 갈등은 한국에도 영향을 미치고 있다. 한국의 방공식별구역 확대조치는 중국이 선포한 CADIZ 영역에 한국의 이어도가 포함되어 있고, 일본 측 JADIZ에 마라도와 홍도의 영공도 포함되어 있었기 때문에, 중국의 CADIZ 발표를 계기로 조정한 것이다. 한국의 방공식별구역 조정안에 대해 미국은 받아들일 수 있다는 반응을 나타냈다. 일본은 문제될 것이 없다는 입장을 밝혔다. 이에 비해 중국은 유감이라는 논평을 내놓았다.

우리 정부의 KADIZ 확대조치에 대해 중국과 일본이 아직까지는 이렇다 할 움직임을 보이고 있지 않다. 하지만 그것으로 문제가 해결된 것은 아니다. 만약 한국이 전략적 이해에 상충하는 조치를 추가할 경우, 중국이 서해까지 CADIZ를 확대한다든지, 일본이 독도를 포함하는 JADIZ를 재설정할 가능성도 배제할 수 없다. 이미 일본은 독도를 '자국 영토'라고 주장하는 한국어판 동영상까지 만드는 도전

행위를 서슴지 않고 있다.

최근 동북아 정세가 심각한 것은 주변 강대국들의 대립이 한반도를 가로지르며 형성되고 있다는 점 때문이다. 이로 인해 앞으로 닥칠 동북아 세력재편의 과정이 우리가 원치 않는 방향으로 전개될 수도 있다. 자칫 한반도가 주변 강대국의 원심력에 끌려 남북분단이 영구화되는 비극이 연출되는 최악의 상황을 경계할 필요가 있다. 나아가 한반도의 긴장과 대결이 지속되면서, 우리의 국가발전전략이 커다란 벽에 부딪힐 위험에 빠질 수 있다.

국제정치는 세력정치power politics라고 하지 않았던가. 국제사회가 공감할 수 있는 명분과 이를 관철할 수 있는 국력이 어느 때보다 중요함을 절감하게 만드는 요즈음이다.

2
평화통일, 동북아 정세변화의 지름길

한국은 미국과 군건한 동맹관계를 맺으면서 경제성장이라는 한 길로 달려왔다. 그 결과 한국은 전쟁의 폐허를 딛고 국민의 뛰어난 재활능력, 미국의 안보 우산 아래 세계 시장 개척, 그리고 선진국의 자본과 기술을 응용해 비약적인 경제성장을 이룰 수 있었다. 우리 경제의 성공 토대는 바로 한·미동맹이었다.

중국이 급부상하면서 한·중 교역은 기하급수적으로 늘어났다. 이제 중국과의 교역액은 미국, 일본과의 교역액 합계를 넘어서고, 중국으로부터 얻는 무역흑자로 일본과의 무역적자를 메우고도 남을 정도가 되었다. 한·중 정상회담에서 밝힌 대로 양국의 교역이 2015년까지 3,000억 달러까지 늘어나면서 한·중 FTA까지 체결된다면,

한·중 양국관계는 떼려고 해도 뗄 수 없게 될 것이다.

한국경제의 성장동력은 한·미 동맹에서 점차 한·중 협력관계로 옮겨오고 있다. 이에 따라 한·미 동맹의 역할은 경제 분야보다는 북한의 위협을 억제하는 군사·안보적인 기능으로 축이 이동되고 있다. 우리 안보는 굳건한 한·미 동맹의 견지로, 경제는 중국과 지속적인 협력으로 확대 발전해가는 추세이다.

하지만 이런 상황은 미국과 중국이 첨예하게 대립하지 않을 때에 유지될 수 있다. 미·중 양국 정상이 신형 대국관계에 합의했음에도 불구하고, 미국의 '아시아 재균형Rebalancing to Asia' 정책과 중국의 '주동작위主動作爲(해야 할 일은 주도적으로 한다)' 전략이 사안별로 충돌하고 있다. 국제정치학에서는 흔히 안보와 정치를 상위정치high politics라 하고, 경제와 사회를 하위정치low politics라 부른다. 어쨌든 한·중의 긴밀한 경제협력은 한·미 안보관계에도 영향을 미칠 수밖에 없는 것이 현실이다.

오늘날과 같이 대립적인 동북아 정세 속에서 한국은 한·미 전략적 동맹과 한·중 전략적 협력동반자 관계 사이에서 때때로 외교적인 선택을 압박받고 있다. 대표적인 것이 안보적으로 미·일 주도의 미사일방어(MD)에 참가하는 문제이다. 경제적으로는 미국이 주도하는 환태평양 동반자협정(TPP)과 중국이 주도하는 역내 포괄적 경제

동반자협정(RCEP) 사이에서의 선택 문제이다. 우리 정부는 일단 양쪽에 모두 참가한다는 방침이지만, 경우에 따라 양쪽 모두가 의구심을 보일 수도 있는 정황이다.

우리가 미·중 사이에서 직면하고 있는 최대 과제는 북한문제이다. 북한은 핵무기보유국 지위를 누리려고 하고 있다. 북한의 군사위협을 효과적으로 억제하기 위해서는 전통적인 한·미동맹의 견지가 반드시 필요하다. 특히 미국이 확장 억제력을 제공하고 일본의 후방지원태세를 유지하는 것은 북한의 군사위협을 넘어 중국과 러시아의 잠재적인 위협을 억제하는 유효한 수단이라는 미국의 구상도 잘 읽어야 하겠다.

동북아지역의 인도적 과제 중 하나는 탈북민 문제이다. 이를 해결하기 위해서는 중국의 적극적인 노력과 협력이 불가피하다. 이제 우리에게 중국은 단순한 경제협력의 대상이 아니라, 한반도의 평화와 안정, 그리고 북한 핵문제를 풀어가기 위한 불가피한 파트너가 되었다. 그런 점에서 한·중 전략적 협력동반자 관계는 경제뿐 아니라 안보 분야로까지 외연을 확대해갈 것이다.

우리를 둘러싼 동북아 정세는 미국·일본과의 안보적 협력과 중국과의 경제적 협력이라는 고정된 틀을 넘어 새로운 질서를 요구하고 있다. 그렇지 못할 경우, 우리는 미국과 중국 또는 일본과 중국 사이에서 어떻게든 양자택일의 선택을 강요받을 수밖에 없는 상황에 내몰리게 될 수 있다. 한국이 세계 10위권 수준의 국력을 갖고 있기는 하지만, 아직까지 우리가 미국과 중국, 일본 사이에서 선택을 강요받는 상황을 주도적으로 바꿀 여건은 못 된다.

주변 강대국들이 분단 상황을 이용하여 자국 이익 위주로 나간다면, 우리 처지는 어려울 수밖에 없다. 따라서 우리는 발상의 전환을 해야 한다. 한국은 동북아지역의 질서 재편과정에서 강대국들의 틈바구니에서 살아남겠다는 소극적인 태도를 넘어, 이를 평화통일의 기회로 만들어 가겠다는 대담한 구상을 실천에 옮겨야 한다. 화禍를 복福으로 삼자는 이야기다.

동서독은 유럽에서 냉전이 해체되는 국제질서의 재편 과정을 활용해 통일 기회를 움켜쥐었다. 이에 비해 우리는 국제질서의 전환기에 그 기회를 그냥 흘려보낸 바 있다. 이제 동아시아에서 또다시 밀려오는 새로운 국제질서의 재편 물결을 어떻게 대처하여 평화통일의 기회로 삼을 것인가. 이는 우리에게 주어진 가장 중대한 과제임이 틀림없다. 동북아의 새로운 물결이 우리에게 커다란 도전이지만, 이 흐름을 잘 타고 오른다면 통일의 기회를 잡게 될 수 있을 것이다. 남북 평화통일이 동북아의 정세 변화를 헤쳐가는 지름길인 셈이다.

우리가 급변하는 동북아 정세에 능동적으로 대응하기 위해서는 미국과 중국, 일본 사이에 흐르는 대립과 분열의 물줄기를 협력과 통합의 물줄기로 바꾸기 위해 적극 노력해야 한다. 동북아 지역 내에 협력과 통합의 리더십이 자리를 잡도록 일조를 다해야 한다. 그런데 북한의 정세가 불안하고 쉴 없이 각종 도발을 저지르면, 우리의 입지는 좁아질 수밖에 없다. 이 상황을 우리가 적극적으로 나서서 바꿔야만 한다.

그런 점에서 우리는 '한반도 문제의 한반도화'를 이루어야 한다. 강대국들이 남북한의 사이를 갈라놓을 수 없도록 남북이 평화공존을 이룩하고 평화통일의 기반을 조성하자는 것이다. 남북관계가 대결과 긴장으로만 치닫게 된다면, 우리의 발언권은 약화되고 주변 강대국은 자기 이익에 따라 남북의 명운을 좌지우지하고 싶은 유혹에 빠질 수 있다. 남북은 정신을 바짝 차려야 한다. 과연 언제까지 평화통일의 에너지를 갉아먹는 긴장과 대결에 얽매일 것인가. 민족자결과 민족의 자존은 기본이다. 남북은 이제라도 평화통일을 가로막는 걸림돌들을 하나하나 없애 나가면서 통일의 기반을 쌓아야 한다.

3
선군(先軍) 아닌 선경(先經)이
북한의 길

우리는 북한의 남침으로 전쟁 참상을 생생하게 겪었다. 아무리 통일이 중요하다고 하더라도 베트남처럼 전쟁을 통한 방식을 원하지는 않는다. 우리는 동서독의 방식으로 평화적 통일을 추진할 수밖에 없다. 남북예멘의 경우 1차 통합은 평화적으로 이뤘다. 하지만 예멘 통일은 준비가 충분치 못했고, 남북 간 이해관계도 얽혀 결국 내전을 겪는 우여곡절을 거쳐 통일에 이르렀다.

남북한의 평화적 통일은 유일한 합리적 대안이다. 그러나 현실은 녹록치 않다. 북한이 군사적 위협과 도발을 일삼고, 대량살상무기의 개발을 멈추지 않기 때문이다. 북한의 이런 노선은 평화통일 노력에 찬물을 끼얹는 것이다. 통일의 당사자인 우리가 북한 정권을 긍정적으로 바라볼 수 없고, 국제사회는 대북 피로감으로 북한을 외면하는 실정이다. 현재 북한이 의지하는 중국조차 북한에 대한 정책을 근본으로 재검토하고 있음이 분명하다.

이 모든 것은 북한이 자초한 일이다. 2011년 12월 김정일 국방위원장이 갑작스럽게 사망하면서 김정은 체제가 등장하였다. 김정은 정권은 김정일이 이룩한 '핵무기와 인공위성'을 최대 업적으로 내세우면서, 경제강국 건설과 인민생활의 향상을 국가목표로 내걸었다. 출범 신호는 그럴 듯 했다.

그러나 김정은 정권은 출발 직후부터 국제사회에서 불량국가의 오명을 뒤집어쓰는 조치를 했다. 북한은 2012년 4월 김일성 생일 100주년을 계기로 '광명성 3호 1호기'를 발사하였다. 북한은 김계관 외무부상과 글렌 데이비스 미국 대북정책 특별대표 사이에서 발사체 launch vehicle를 쏘지 않기로 약속한 '2·29합의'를 위반한 것이다. 김정은 정권은 출범하자마자 미국과의 국제적인 약속을 저버렸다.

북한은 2010년 3월 한국의 천안함을 폭침시킨데 이어, 11월에는 연평도를 무차별 폭격하였다. 북한의 도발은 남북 경제협력 사업을 중단시켰고, 신규 투자나 인도적인 대북 지원마저 제한하게 만들었다. '5·24조치'가 그것이다. 북한은 2013년 4월 '5·24조치'에도 불구하고 정상 가동 중이던 개성공단에서 북측 근로자들을 철수시켜 공단을 마비시켜 버렸다. 이러한 조치는 대표적인 남북경협 사업의 뿌리마저 흔드는 것으로, 각종 북한의 대외 경제협력이나 해외투자를 유치하는 데 결정적인 타격을 주었다.

북한은 고립에서 벗어나기 위해 적극적인 평화공세를 폈다. 아베 일본총리의 특사를 받아들여 북·일 관계의 정상화를 탐색(5.14~17)했다. 또, 최룡해 북한군 총정치국장을 김정은의 특사로 중국에 파견(5.22~24)해 '6자회담 재개' 의사를 전달하고 북·중 관계의 복원을 꾀했다. 6월 6일에는 개성공단 정상화를 위한 남북대화를 제안했고, 6월 16일에는 미국과의 관계를 개선해보고자 북·미 고위급회담을 제안하는 국방위원회 대변인의 '중대담화'를 발표하였다.

북한의 평화공세 속에서 북·중 양국은 고위급 방문을 통해 양국 관계의 정상화를 모색했다. 특히 중국은 6자회담 의장국으로서 6자회담의 재개를 위해 적극적인 중재외교를 펼쳤다. 그러나 6자회담을 둘러싼 북한과 한·미·일 3국의 이견은 여전했고, 북·일 및 북·미 관계의 개선도 진전되지 못하였다.

남북한은 북한의 개성공단 실무회담 제의를 받아 7차례 회담 끝에 8월 14일 개성공단의 재가동에 합의하였다. 남북은 이산가족 상봉과 금강산관광의 재개를 위한 회담을 열기로 하고, 이산가족 상봉행사는 9월 23일에 갖기로 하였다. 하지만 북한은 남북 이산가족 상봉행사를 이틀 앞두고 전격적으로 거부 의사를 밝히면서 상봉을 무산시켰다.

이처럼 6자회담은 오리무중이고 남북관계 역시 답보상태에 있는 가운데, 북한은 2013년 12월 8일 정치국 확대회의를 열어 장성택 당 행정부장을 모든 직무에서 해임하고 출당·제명시켰다.

장성택은 이후 사실상 공개처형을 당하다시피 해서 전 세계인들을 경악하게 만들었다. 국제사회는 다시 한 번 북한 체제의 실상을 목도했다. 그러면서 북한 체제가 일단 유일 영도의 길로 가지만, 언제 무슨 일이 벌어질지 모르는 통제 불가능한 시한폭탄을 안고 있는 셈이라고 지적했다.

북한이 우라늄 농축과 영변원자로의 재가동에 이어 2014년 상반기까지 경수로 시험로를 완공하게 되면, 앞으로 북핵문제는 더욱 심각한 국면으로 빠져들 수 있다. 북한이 핵무기 보유 의지를 굽히지 않은 채, 내부의 정정 불안이 지속되고 앞으로도 대남·대외적으로 호전적인 태도를 버리지 않을 경우 어찌할 것인가. 한반도 정세는 한 치 앞도 내다볼 수 없는 불확실성의 늪으로 발을 내딛게 될지 모른다. 우리는 이런 최악의 사태에도 대비해야 한다. 최근, 우리 정부가 미국·중국과의 전략 대화를 부쩍 강조하면서 접촉을 빈번하게 갖고 있는 것은 바람직한 일이다.

4
통일의 걸림돌인 남남 갈등과 증오의 정치를 넘어서야

평화통일을 위해서는 이를 뒷받침할 수 있는 국민 대통합이 긴요하다. 아무리 북한 주민들이 남쪽과의 통일을 원한다고 하더라도, 우리 국민들이 통일을 원하지 않으면 이루어질 수 없다. 또한 우리 국민 대다수가 평화통일을 희망한다고 해도 우리 사회의 국론이 분열되어 있다면, 통일이 되더라도 그 후유증은 엄청나게 클 것이다.

평화통일의 기반을 조성하고 국민 대통합을 이루기 위해서는 국론분열의 요소인 남남갈등을 효율적으로 관리해야 한다. 자유민주 사회에서 대북정책에 관하여 어느 정도 다양한 의견이 분출하고 사회적 갈등이 생기는 것은 불가피하다. 문제는 갈등의 존재가 아니라, 갈등을 제대로 관리하지 못하고 확대 재생산하는 데 있다. 가장 큰 골칫거리는 대한민국의 헌법적 가치를 부정하는 세력이 엄연히 존재한다는 사실이다.

이들은 평화통일을 가로막는 걸림돌이다. 우리 사회에서 북한을 추종하는 종북세력은 때와 장소를 가리지 않고 국론 분열에 열중하고 있다. 명색이 제도권 정당이라는 곳의 한 분파가 '혁명조직(RO)'이라는 비밀조직을 만들어 정부 전복활동을 벌였다는 혐의로 현재 법의 심판을 받고 있다. 검찰이 기소한 내용대로라면 이들은 시대착오적인 북한정권의 실패한 노선을 추종하고 있는 한심한 집단이다. 국민과 역사의 심판을 받아야 할 대상인 것이다.

이처럼 우리 사회에 북한을 추종하는 정치세력이 있다는 사실은 분노하기에 앞서 그들의 정신 상태를 의심해 보지 않을 수 없게 해준다. 무엇보다 이들은 대한민국의 헌법이 규정하고 있는 '자유민주적 기본질서'를 부정하는 세력이다. 대한민국 헌법의 전문과 제4조는 자유민주적 기본질서를 국가의 기본가치로 제시하고 있다.

헌법 전문에는 평화적 통일의 사명을 명시하고 있다. 헌법 제4조는 "대한민국은 통일을 지향하며, 자유민주적 기본질서에 입각한 평화적 통일정책을 수립하고 이를 추진한다"라고 되어 있다. 대통령의 취임선서에서도 조국의 평화적 통일을 위해 노력할 것을 천명하고 있다. 자유민주적 기본질서를 수호하는 과업은 대한민국의 근본 가치이며, 국민은 이를 지켜야만 한다.

그러나 일부 종북세력과 정부 비판세력을 동일시해서는 안 된다. '자유민주적 기본질서'란 신체적 구속으로부터의 자유만이 아니라, 신체적·정신적 구속으로부터의 모든 자유를 보장하는 의미를 갖고 있다. 그런 점에서 종북주의는 단호히 거부하고 반대하되, 이들의 존재를 구실로 헌법이 보장하는 자유와 민주주의가 훼손되어서는 안 된다.

이를 둘러싼 국내 정쟁의 양상은 참으로 가관이다. 자기들과 정치적 입장이 다른 사람들에 대해 걸핏하면 이데올로기의 색깔을 덧씌우며 공격을 가하고 있다. 이와 같은 이데올로기 공세는 민주사회에서 있을 수 있는 갈등의 수준을 넘어, 자칫 국가분열로까지 치닫게 될까 걱정이다. 이것은 남북분단에 이어 남남분열을 낳을 수도 있는 심각한 사태이다.

이러한 사태가 엄중한 이유는 정치적 갈등이 남남갈등뿐 아니라 남북갈등의 연장선상에 있다는 점 때문이다. 갈등의 상대방을 정치적으로 공격하기 위해 시대에 걸맞지 않게 남북분단을 이용하는 것이다. 자신들은 '통일세력'이라고 자처하면서 정치적 반대파에게 '분단세력'이라고 딱지를 붙인다든지, 자신들은 '애국세력'이고 반대파들은 여지없이 '매북세력'이라고 부르는 것이 대표적인 사례이다.

남남갈등을 남북갈등과 연결시키는 일은 사실상 평화통일을 포기하자는 것과 마찬가지이다. 이미 존재하는 남북갈등도 화해와 협력을 통해 신뢰를 쌓고 평화통일의 기반을 조성해야 할 판에, 남남갈등까지 자체적으로 해결하지 못하고 남북갈등에 덮어씌워 버리는 것은 사리에 맞지 않다.

　　평화통일의 길은 우리 모두가 함께 가야 한다. '분단세력', '종북세력'하는 편 가르기는 통일의 시계를 거꾸로 돌릴 뿐이다. 이런 식으로는 국민대통합이나 남남 사이의 신뢰와 화해에 다가설 수 없다. 철 지난 이데올로기 공세는 남남갈등의 해결은커녕 오히려 갈등을 증폭시킨다. 더구나 남남갈등을 남북분단과 연계시켜 남북갈등마저 유발하는 행위는 평화통일을 점점 어렵게 만들 뿐이다.

5
어떻게 평화통일의 길을
열 것인가

　평화통일은 말처럼 쉽지 않다. 평화통일이 어려운 만큼, 어떻게 준비해야 할 것인가. 흔히들 독일 통일의 경험을 이야기하지만, 남북한은 독일과는 상황이 많이 다르다. 우리가 평화통일의 길을 만들어가기 위해서는 동서독과 남북한의 공통점에서 배우는 것 못지않게, 먼저 둘의 차이를 명확하게 인식하는 것이 중요하다.

　남북한은 동족상잔의 전쟁을 치렀다. 세계사적으로도 드문 잔혹한 사례였다. 그래서 무엇보다 민족 내부의 화해가 통일로 가는 출발점이 되어야 한다. 동서독은 동독의 후견국인 소련이 몰락하는 바람에 강대국의 별다른 간섭 없이 통일을 이룰 수 있었다. 남북한의 경우는 북한의 후견국인 중국을 무시하고는 통일 외교를 추진하기 어렵다. 동독은 공산당의 일당지배 하에 있었지만, 최소한의 당내 민

주주의와 자유가 보장되고 있었다. 북한은 유일 지배체제로서 민주
주의와 시장 경제는 요원한 실정이다.

이같은 차이에도 불구하고, 우리가 동서독의 통일과정에서 배워야
할 소중한 경험이 있다. 바로 상대방 주민들의 마음을 사로잡는 것
이 대단히 중요하다는 점이다. 동독 주민들은 서독과의 조속한 통일
을 원했고, 서독 주민들도 고통분담을 각오하면서 동독 주민들의 선
택을 받아들였다.

동독 주민들은 1990년 2월에 실시된 총선에서 즉각적인 통일을
선택했다. 동독 주민들이 통일에 반대했거나 단계적 통일을 선택했

다면, 오늘날의 통일독일은 존재할 수 없었을지도 모른다.

동서독 통일은 동독 주민들의 선택에만 따른 것은 아니다. 서독 주민들이 동독 주민들의 자발적 선택을 받아들임으로써 평화적인 통일이 가능했다. 만약 서독 주민들이 과도한 세금 부담과 일자리 부족, 치안불안과 같은 통일 후유증을 받아들이기를 거부했다면, 역시 통일독일은 존재할 수 없었다.

한반도 정세를 과거와 현재, 그리고 안보적 관점에서만 바라보면 개성공단, 이산가족 상봉, 금강산 관광과 같은 문제들은 핵심에서 벗어나 있다고 느끼는 이들도 있다. 개성공단처럼 제한된 지역에 국한되거나 금강산을 관광하는 것이 통일과 큰 상관이 있겠느냐 하는 이야기다. 물론, 이산가족의 상봉은 나이가 들어갈수록 만날 기회가 적어지거나 아예 없을 수 있으니 예외지만 말이다. 하지만 이러한 문제들은 우리 민족의 미래, 그리고 통일의 관점에서 보면 아주 중요한 실마리가 될 수 있다. 개성공단, 이산가족 상봉, 금강산 관광 등은 민족 구성원들이 체제를 넘어 마음과 마음이 만나 공감대를 키워가는 마당이다. 남북한 주민들이 마음을 모으고 하나가 되는 것이 바로 통일 아닌가.

남북한은 다방면에 걸친 접촉과 교류·협력으로 북한 주민들이 더 큰 자유를 만끽하고 더 풍요로운 경제생활을 누릴 수 있다는 가능성에 눈을 뜨면서 희망을 키워나갈 수 있도록 해야 한다. 보다 많은 접촉과 교류·협력은 느린 것 같으면서도 가장 빠르고 확실한 통일의 길이다. 비록 북한 지도층이 민생과 인권을 외면하고 있지만, 그들 위에 북한 땅의 진정한 주인인 북한 주민이 있다는 사실을 잠시라도 잊어서는 안 된다.

여기서 우리는 남북관계를 발전시키고 평화통일의 길을 닦고자 하는 확고한 원칙을 견지해야만 한다. 북한 내부에서 어떠한 사태가 발생하든, 한반도 상황은 안정적으로 관리하고 핵문제를 해결하도록 주력해야 한다. 이를 위해 남북관계를 개선하는 것이 꼭 필요하다. 남북관계가 부드럽고 따뜻해질수록 평화통일의 길은 넓고 빠르게 열릴 것이기 때문이다.

북한의 핵을 비롯한 대량살상무기 개발이나 군사 도발 등 안보문제에 대해서는 한 치의 양보도 있을 수 없다는 점을 분명히 해야 한다. 우리 국민의 생명과 재산을 지키는 것은 국가의 기본 책무이다. 북한의 대량살상무기 개발이나 군사 도발에 대해서는 국제사회와 공조를 강화하여 단호하고도 능동적으로 대처해 나가야 할 것이다. 북한의 도발은 원칙 있는 대응도 중요하지만, 예방 역시 긴요하다는 사실을 지적하고 싶다.

안보문제와 별도로 경제, 문화, 의료, 인도주의 문제 등에 대해서는 더욱 유연한 태도가 필요하다. 이러한 제반 문제들은 신뢰에 기반을 둔 남북대화를 통해 단계적으로 풀어나가야 한다. 북한 핵문제가 해결될 때까지 남북관계를 동결하자는 견해는 옳지 않다. 한편으로 북핵문제를 해결하기 위한 남북간 그리고 다자간 노력을 기울이면서, 다른 한편으로 북한 주민에게 희망을 주는 인도적 지원이나 교류·협력을 지속해 나가는 것이 옳다.

남북관계를 발전시키고 평화통일의 기반을 조성하는 것은 한반도 문제를 푸는 근원적인 해결과정이다. 이를 통해 동북아지역의 평화와 안정에 기여해야 한다. 박근혜 정부가 제시한 '동북아 평화 협력 구상'과 '유라시아 이니셔티브'는 미국과 중국, 러시아 등과의 정상회담을 통해 지지와 지원을 받고 있다. 일본과는 아직 정상회담이 이뤄지지 않았지만, 일본 역시 반대할 이유가 없다. 이러한 두 가지의 정책구상과 '한반도 신뢰 프로세스' 정책은 톱니처럼 맞물려 돌아가야 한다. 대담한 구상은 바로 실천에 옮겨야 한다. 지금처럼 우리에게 강력한 통일 리더십이 절실하게 요구되는 때도 없을 것이다.

이처럼 동북아의 안정과 평화 그리고 한반도의 평화통일 기반조성을 결합하여 추진할 때, 비로소 우리는 한반도의 평화와 안정을 구가하면서 경제번영을 이룰 수 있다. 동북아의 지역통합에도 이바지할 수 있다. 한국의 통일 리더십은 우리가 강대국 정치의 딜레마에서 벗어날 수 있는 길이다. 이와 함께 지역 내 국가들이 경제적 상호협력 관계는 깊어가지만, 정치·군사 면에서는 긴장과 갈등이 지속되는 '아시아 패러독스'도 극복되는 계기를 마련할 수 있을 것이다.

우리 사회에서 모처럼 통일 논의가 한창이다. 국제 사회도 북한 정세가 유동적임을 지적하면서, 한국이 주도하는 한반도 평화통일을 대안으로 내세우기 시작했다. 바람직한 일이다. 통일은 우리가 경제 혁신, 민족 대도약을 향해 가는 가장 확실하고 가까운 지름길이다. 세계 제일의 스마트폰을 만든 우리가 스마트 통일한국을 세우지 못할 리 없다. 통일한국이야말로 한반도의 르네상스 시대를 활짝 열어가게 해줄 것이라고 굳게 믿어 의심치 않는다.

제**9**부

독일 통일이라는 거울

독일 통일은 동독의 자발적 의사에 따른 흡수통일로 보는 것이 일반적이다. 그러나 서독은 흡수통일에서 있을 수 있는 동독에 대한 어떠한 차별이나 보복을 하지 않았다. 동서독은 대등하며 포용적인 통일이 이루어졌다는 점에서 독일통일을 합류통일이라고 부르는 것이 정확하다.

1
평화적인 합류(合流)통일

　　동서독의 통일은 이렇게 요약할 수 있다. 동독 주민들은 무혈, 평화 혁명을 선택했고, 동독의 공산체제가 와해됨으로써 통일을 이루었다. 동독 주민들은 서독체제를 동경해왔다. 동독의 인민회의는 서독 기본법 23조(동독 5개 주가 서독의 각 주로 편입되어 기본법의 효력을 당장 적용받았다)에 따른 조건 없는 통일 방식을 결정했다(1990.8.23). 독일 통일은 동독의 자발적 의사에 따른 흡수통일로 보는 것이 일반적이다. 그러나 서독은 흡수통일에서 있을 수 있는 동독에 대한 어떠한 차별이나 보복을 하지 않았다. 동서독은 대등하며 포용적인 통일이 이루어졌다는 점에서 독일통일을 합류통일이라고 부르는 것이 정확하다.

한반도 통일은 어떤 방식이 바람직할까. 한국 주도의 '무혈, 평화통일'과 '합류(合流)통일'이 바람직하다. 물론 독일통일과 똑같은 과정 그리고 방식을 기대하는 것은 낭만적일 수 있다. 그렇게 되려면 북한 주민의 저항에 의해 북한체제가 스스로 와해되어야 한다. 또한 북한 주민은 혹독한 억압과 굶주림에 지쳐있어 폭발적인 저항에너지의 분출을 기대하기 어려운 실정이다.

하지만 북한 안에서 시장은 확대되고 주민들에게 외부세계의 정보는 하루가 다르게 확산되고 있다. 여기에 장성택 숙청 이후 북한체제의 균형은 요동치기 시작하면서 언제 뒤틀릴지 모르는 상황인 것으로 보인다. 어떤 형태로든 북한 내부에서 본질적인 변화가 일어나게 될 것이다. 지난해 세계적 경제사학자인 하버드대의 니얼 퍼거슨Neal Ferguson 교수는 2020년 안에 북한이라는 나라가 이 지구 상에서 사라지는 것은 분명한 사실이라고 예측한 바 있다. 우리는 막연히 독일 모델에 연연할 것이 아니라 우리의 조건과 한반도 정세에 맞는 우리 방식의 평화통일을 만들어 나가는 지혜와 노력을 기울여야 한다.

2
통일은
역사발전법칙의 산물

한반도 통일은 한국 주도로, 독일 패턴처럼 정반합正反合의 역사적 발전과정을 거쳐 이루어질 것으로 본다.

동서냉전은 자유민주주의와 자본주의 시장경제를 축으로 하는 서방진영(서독)의 일방적 승리로 종식되었다. 반면, 동구진영(동독)의 공산주의와 사회주의 계획경제체제는 자체 모순으로 붕괴되었다. 이미 실패한 주의主義와 체제로 입증된 것이다. 북한체제도 중국식 개혁개방을 통해 변화되지 않는 한, 동구 국가들의 전철을 밟게 되리라는 예상이다. 서독이 이끌었던 독일 통일은 한반도 통일 역시 국력의 절대 우위를 점하고 있는 한국 주도로 이루어질 것임을 시사하고 있다.

독일 통일은 역사적 변증법에 따라 「정반합」으로 발전되는 오랜 과정의 산물이다. 서독의 아데나워 수상은 친서방 정책 Westbindungpolitik과 힘의 우위정책Politik der Stärke으로 엄청난 국력차를 보이며 동독을 압도했다(正).

브란트 수상은 압도적인 국력을 바탕으로 동독을 포용하는 동방 정책Ostpolitik을 추진했다. 동서독 기본조약을 체결하고 양독간의 교류협력을 강화하며, 민족 이질감을 줄여 나갔다(反).

헬무트 콜 수상은 양독간 교류협력을 제도화하고 강화시킨 결과, 통일을 성취할 수 있었다(合). 독일 통일은 「국력 신장」과 「교류협력」의 합(合)이 곧 통일이라는 교훈을 우리에게 주고 있다. 통일은 어느 한순간에 갑자기 이룩되는 것이 아니다. 시대적 상황에 따라 필요충분한 여건들이 꾸준히 성숙되고 결정적인 호기가 왔을 때, 비로소 이루어지는 긴 과정으로 이해해야 한다.

통일기반의 조성과 관련해 한국은 서독과 비교할 때 어디쯤 와 있을까. 한국의 박정희 대통령은 아데나워 수상과 비견된다. 굳건한 한·미 안보동맹정책을 바탕으로 산업 근대화의 기반을 구축, 한국을 경제 대국으로 성장시켜 통일을 주도할 수 있는 발판을 마련했기 때문이다. 김대중 대통령의 햇볕정책은 서독 브란트의 동방정책과 유사하다. 대북포용정책으로 남북한 간에는 비군사적인 분야에 있어서 교류와 협력을 통해 많은 진전도 있었다. 그러나 군사적 긴장 완화와 남북 화해협력을 제도화하는 데는 실패했다. 따라서 동방정책으로 동·서독 간의 교류와 협력을 제도화시킨 서독의 브란트 수상과는 큰 차이를 보인다. 박근혜 정부의 통일정책 핵심 과제는 ①국내적으로 평화통일 기반을 구축하고, ②김대중·노무현 정부가 해결하지 못한 남북간 군사적 긴장완화와 북한의 대량살상무기 개발을 포기시키면서, ③남북화해협력을 크게 확대시키고 제도화함으로써 장차 남북 정치·경제 공동체의 기반을 조성하는 것이다.

3
교류·협력을 통한
북한체제의 변화 유도

독일 통일이 한반도에 주는 핵심 메시지는 교류·협력의 중요성이다. 서독은 분단 직후부터 40여년에 걸쳐 꾸준한 접촉과 교류·협력을 통해 동독의 체제 변화를 유도했다. 1989년 초부터 동독 시민들이 아래로부터 반체제 시위를 격화시켰고, 같은 해 11월 9일 마침내 동독 공산당 체제는 붕괴되었다. 그리고 1990년 동독 내에서 처음으로 자유선거를 통해 의회와 임시정부를 구성하고, 이를 통해 서독과의 조건 없는 통일을 실행하였다.

우리 사회 일각에서는 독일의 1989~1990년 기간에만 초점을 맞추어 동독이 무너진 것처럼 북한도 곧 무너져 한반도에 통일이 도래할 것이라고 인식하는 경향도 있다. 여기에서 우리는 북한 변화를 위해 우리가 얼마나 에너지를 쏟아 부었는가를 생각해야 한다. 통일로 가는 북한의 변화는 저절로 기다리기만 해서 오는 것이 아니다. 북한의 변화를 앉아서 기다리지만은 않겠다는 최근 박근혜 대통령의 지적은 이 점에서 아주 중대한 의미를 갖는다. 통일 이후에도 길고 고통스런 통합과정이 기다린다. 독일은 통일된 지 23년이 지났음에도 불구하고, 경제통합은 아직도 진행 중이다. 심리적, 문화적 통합 역시 아직 갈 길이 멀다. 40년간의 분단 격차가 20년 만에 치유되기 힘들다는 사실을 말해주는 것이다.

분단이 길어질수록 치유기간도 더욱 더 길어진다. 남북한은 국가 형태의 차이, 엄청난 경제적 가치, 첨예한 군사적 대치, 사상과 이념의 차이로 인해 과거 동서독보다 훨씬 더 많은 이질성을 갖고 있다. 그래서 남북한은 동서독의 경우보다 '훨씬 더 많은 교류와 협력'을 필요로 한다. 독일의 교류·협력으로부터 우리가 배울 점은 경제 교류가 그 어떤 군사적 수단보다도 북한을 변화시킬 수 있는 강한 무기라는 것이다. 나토NATO는 총 한 발 쏘지 않고 오직 교류·협력을 통해 동구권의 공산주의 체제를 무너뜨렸다. 총보다 경제 교류가, 그리고 사회문화적 접촉면이 넓어질수록 강력한 힘을 발휘하는 사례라고 할 것이다.

동서독의 교류·협력이 순조롭게 진행될 수 있었던 이유는 안보문제가 양독간 교류·협력에 큰 걸림돌이 되지 않았기 때문이다. 동독은 서독에 대해 군사적 도발은 물론 국제사회를 대상으로 안보 위협을 가한 적이 없다. 그래서 동서독간의 교류·협력은 외부로부터 영향을 받지 않고 원만하게 진행될 수 있었다.

현재 남북기본합의서는 북한의 핵문제 등으로 인해 전혀 이행되지 못한 채 사문화된 상태이다. 남북 교류·협력 관계가 거의 전 분야에 걸쳐 경색되었기 때문에 김대중·노무현 정부의 대북포용정책과 교류·협력 정책은 무력화되었다. 따라서 북한 핵문제와 남북 간의 군사적 긴장완화 등 한반도 안보문제의 해결이 선행되지 않고서는 남북간 교류·협력분야에 진전을 기대하기 힘든 실정이다. 이제까지 발전되어온 남북 사이의 교류·협력 수준은 전반적으로 1945년 분단 당시의 동서독 간의 교류·협력 수준보다도 질적·양적인 면에서 한참 뒤떨어져 있다. 북한 당국은 남북기본합의서 체제로 하루속히 복귀하던지, 한반도 신뢰프로세스의 한 당사자로 들어오던지 결단을 내려야만 한다.

북한 주민들은 남한과의 교류·협력을 통해 남한체제가 훨씬 우월하고 살만한 체제라는 사실을 스스로 깨닫지 않을 수 없다. 이에 따라 모순으로 범벅이 된 북한 체제로부터 북한 주민들이 해방되길 원하도록 만들어야 한다. 남북간 교류·협력은 북한 경제가 중국에 의존하는 것을 막고, 민족경제공동체로 합류시키는 훌륭한 수단이다. 중장기적으로는 북한사회의 개방과 민주화에 기여할 것이 틀림없다.

북한 경제가 남북간 교류·협력으로 향상되면, 북한 이주민들의 대량 남하 사태를 미리 예방할 수 있다. 이로써 북한 지역의 산업공동화 현상이나 남한 노동시장의 혼란을 최소화할 수 있을 것이다. 북한 지도부는 북한의 경제난, 식량난과 에너지난 등이 계획경제체제의 문제점에서 비롯된다는 사실을 제대로 깨닫지 못하고 있다. 한국과의 교류·협력만이 북한 경제의 삼중고三重苦를 해결할 수 있다는 사실을 이제라도 잘 인식해야 한다.

북한 지도부는 대외 지불능력의 상실과 열악한 인프라로 인해 한국 이외에 어떤 나라도 선뜻 북한에 투자하기를 꺼린다는 현실을 직시해야 한다. 북한 지도부는 지금이라도 최소한 중국이나 베트남 방식을 따라 개방과 개혁을 추진해야 한다. 그들이 이런 결정을 한다면, 한국 정부는 쾌히 북한의 체제전환 노력을 적극 지원하게 될 것이다.

4
냉전 극복의 당사자, 통일 주체는 바로 우리 민족

동서독과 남북한은 1945년 똑같이 분단되었다. 동서독은 분단 45년만인 1990년 통일을 이룩했으나, 한반도에는 여전히 냉전체제가 지속되고 있다. 무려 70년 가까운 세월이 지난 현재의 남북관계는 분단 당시 동서독 관계보다 나을 게 없다.

분단은 냉전이라는 국제정치의 산물이다. 이 냉전의 벽을 해체하기 위해서는 한반도 문제의 국제화를 차단하는 일이 급선무라고 생각한다. 북한의 핵무기를 포함한 대량살상무기 개발을 포기시키고 남북한 군비통제를 통한 군사적 긴장완화는 한반도 문제의 국제화를 막는 지름길이다. 이 과제가 해결되면 남북 사이의 군사적 적대관계가 해소되면서 교류·협력을 대폭 확대할 수 있는 발판이 마련

될 것이다.

독일의 경우 전승戰勝 4개국(미·소·영·프랑스)이 독일통일에 결정적인 영향력을 행사했다. 이에 비해 한반도 통일의 주체는 외부 세력이 아닌 남북한이다. 그러나 남북한은 지금도 냉전체제 속에 갇혀 있다. 우리는 이 냉전의 잔재를 해소하고 통일로 나아가야 한다.

한반도에서 냉전이 종식되지 않는 현상은 주변국들의 탓만이 아니다. 한반도의 냉전은 남북한이 분단 이후 스스로 만들어 놓고 이를 고집스럽게 유지하고 있는 남북 대결의 구도에서 비롯되었다. 물론 거의 전적인 책임은 아직도 우상화, 선군先軍, 세습을 고집하는 북한에 있다. 주변 강대국의 이해 충돌만으로 한반도의 냉전과 분단이 지속되고 있다는 논리는 이제 더 이상 통용될 수 없는 상황이다. 주변 강대국에 분단의 책임을 묻는 일도 부질없는 짓이다. 주변국들은 남북한이 긴장완화에 합의하지 못하고 냉전을 지속하고 있기 때문에, 한반도의 분단을 현상유지status quo로 치부하면서 방관하고 있을 뿐이다. 남북이 대결상태를 지속하는 한, 주변국들은 분단된 상황을 관리할 뿐, 통일을 위해 행동하지 않을 것은 자명한 사실이다. 한반도 분단을 극복하는 일차적이고 주도적인 책임은 바로 우리 민족에게 있다.

남북한이 냉전 구도로부터 빠져나오기 위해서는 주변 강대국과의 우호 관계를 유지해야 하는 것도 사실이다. 그럼에도 남북은 통일을 지향하는 과정에서 '한반도 문제의 국제화'를 최대한 차단해야 한다는 사실을 잠시라도 잊어서는 안된다. 통일이 민족 내부 문제이자 국제 문제라는 본질은 충분히 이해할 수 있다. 분명한 것은 이해관계국들이 한반도 통일을 현상유지로 방치하면서 분단을 고착화하려는 어떤 시도도 용납해서는 안 된다는 점이다. 이렇게 볼 때 분단 고착이라는 현상유지 보다는 통일의 창조적 파괴가 오히려 나을 수도 있다고 말할 수 있지 않을까.

5
북한 급변사태에 대한
관점과 대응 방향

한국 정부는 북한의 급속한 체제 붕괴나 흡수통일을 추구하지 않는다고 공식적으로 밝혀왔다. 남북이 민족의 불행한 과거를 되풀이하지 않고, 평화통일을 이뤄보자는 정책 방향은 지극히 당연한 일이다. 이 같은 평화통일의 당위성과 그렇지 못한 북한 상황, 분명히 안타까운 현실이다. 근래에 국내외의 한반도 전문가들은 북한 체제의 불안정성과 예측의 어려움 등을 많이 지적하고 있다. 미국의 유수 연구기관과 전문가들은 '북한체제의 급변 사태나 붕괴 가능성'을 정밀 분석하면서, 한국·미국의 공동 준비 및 대응책을 제안하고 있다 (랜드연구소 B.베넷, 브루킹스 연구소 E.리비어, 하버드대 N.퍼거슨 교수 등). 중국의 연구기관과 전문가들 역시 북한 상황에 대해 유사한 견해를 신중하나마 밝히고 있다. 다만, 중국 입장에서는 어느 선까지 한반도 문제에 개입할 것인가를 놓고 연구 결과가 다를 뿐이다. 중국의 전문가들은 북한 난민을 막는다는 구실로 자국 군대의 파병에서부터 경제적 이익을 확보한다는 명분 아래 북한 내 일정지역까지 진주해야 한다는 등의 견해를 내놓고 있다(베이징대 주펑朱鋒, 중국 외교학원 쑤하오蘇浩 등). 그러나 중국 군대의 진입은 상상조차 할 수 없는 일이다. 우리 민족문제는 한국 주도로 해결하되, 꼭 필요할 경우에만 국제사회의 지원을 받으면 된다. 특히, 유엔이 앞장서는 한반도 통일 지원기구를 만드는 방안은 검토해볼만 하다.

국내 전문가들도 북한 급변사태에 대한 대비가 긴요함을 역설하고 있다. 각종 여론조사 역시 북한의 급변사태가 일어날 가능성을 높게 보고 있으며, 총체적인 대응책 마련을 지적하고 있다. 나는 북한에서 어떤 급변사태가 발생하더라도 우리 역량으로 충분히 상황을 장악하고 타개해 나갈 수 있다고 생각한다. 국제사회의 지원은 유엔을 통해 이루어지는 것을 전제로 해서 말이다. 물론 이 과정에서 굳건한 한·미 동맹, 한·중 협력관계는 필수요소라고 할 수 있다. 어떤 사태에도 충분히 대응할 수 있는 전략을 준비할 때, 우리는 통일을 재앙이 아닌 축복의 자세로 맞이할 수 있을 것이다.

6
우리 모두 행복한 통일

한반도 냉전 구도와 통일 여건은 동서독에 비해 훨씬 복잡하고 열악하다. 1945년 이래 남북의 분단 상황은 우여곡절도 많았지만, 긍정적인 전환을 이루지 못하고 있다. 지금처럼 분단관리정책으로만 나갈 경우, 남북 분단은 장기화되고 통일의 시기도 멀어지게 될 것이 뻔하다.

남북 분단을 빨리 종식시키고 통일로 나아가기 위해서는 무엇보다 적극적인 통일정책을 추진해야 한다. 여기에 북한체제의 변화를 이끌어 낼 대북정책, 주변국으로부터 통일한국에 대한 지지를 끌어낼 통일외교정책, 그리고 국내적으로 남남갈등을 해소하면서 통일 의지를 한층 다질 수 있는 통일기반의 조성 정책이 포함되어야 한다.

1) 「북한의 1989 동독화」

현재의 북한 지도부는 한반도 평화통일을 추구할 의지가 없어 보인다. 북한에 고르바초프나 등소평 같은 지도자가 등장하여 핵개발을 포기하고 군사적 긴장완화를 도모하며, 개방과 개혁을 통해 경제개발의 동력을 일구는 변화가 있어야 한다. 이와 함께 북한사회가 민주화되어 한국사회를 동경하는 주민들로 넘쳐나고 온건노선의 군軍이 존재할 때, 비로소 통일의 물꼬가 트일 수 있을 것이다. 한마디로 '북한의 정상국가화'를 이끌어 내야 한다. 대북정책의 핵심 목표는 북한을 1989년 동독 수준으로 변화시켜 나가는 이른바 「북한의 1989 동독화」가 되어야 한다. 이를 실현시키기 위해 ①실용주의 노선을 추구하는 지도자의 등장, ②북한사회의 민주화, ③북한주민들의 친親한국화, ④군부의 온건 노선화가 필요하다.

이 중 우리가 주력할 수 있는 분야는 북한사회의 민주화와 북한주민들의 친한국화이다. 무엇보다 북한사회에 외부 사조의 물결이 자유롭게 드나들 수 있어야 한다. 그리고 국제사회에 통용되는 규범이 자리잡도록 북한식 개혁·개방을 유도해야 한다. 북한주민들은 세습을 거부하고 인권유린을 타파할 역량을 키울 수 있게끔 지원을 아끼지 말아야 한다. 한국은 북한 내에 실용주의 지도부가 등장할 수 있도록 국제 사회와 긴밀하게 공조하는 한편, 북한이 핵개발을 강행할 경우 국제 사회의 대북 제재 및 압박에도 동참해야 한다. 개성공단 등을 통한 교류·협력사업과 인도적인 대북 지원은 계속 추진해야 하는 것은 물론이다.

2) 확실한 통일 준비

한반도의 냉전 구도 해체를 위하여 우선은 대내적인 통일 준비부터 착수해야 한다. 자유민주주의와 시장경제체제가 통일의 기본원칙이다. 북한을 통합하는 과정에서 북한 지역의 인프라를 새로 구축하고, 북한 주민들에 대한 사회보장을 책임져야 한다. 우리 사회 내의 이념, 지역, 세대 간 갈등을 해소하는 것도 중요하다. 그래야만 해외동포까지 포함한 8천만 한민족이 행복해지는 진정한 통일을 이룰수 있다. 학교나 공공기관, 민간단체를 통한 대대적인 통일교육으로 국민적 공감대를 이루는 것도 긴요하다. 건강한 대북관, 안보의식과 균형 잡힌 통일 논의는 필수요소이다. 이 흐름 속에서 한국의 체제를 부정하는 종북세력은 쇠퇴할 수밖에 없다. 시대착오적인 이념 세력은 통일을 방해할 뿐이다. 통일 이후의 통합과정을 순조롭게 이끌기 위해서는 일정한 재정지출이 불가피하다. 우리는 부단히 국력을 키우면서 이를 준비해야 한다.

통일독일이 동독재건을 위해 투입한 돈은 줄잡아 1조 6천억 유로 (1990~2009년)로 추계된다. 이는 독일 GDP의 4%, 동독지역 GDP의 30%에 해당되며, 매년 평균 약 1,000억 유로가 동독으로 유입되었

음을 뜻한다. 이처럼 막대한 비용이 소요되었던 배경은 ①독일통일이 갑자기 이루어진 상황에서, ②동독이 서독에게 일방적으로 흡수당하는 형태로 진행되었고, ③동서독 경제통합 과정이 경제논리보다는 정치논리에 의해 추진되었기 때문이다. 서독정부가 동독 내의 대량 실업과 산업 공동화 현상 등과 같은 시행착오를 범한 것은 불가피한 측면이 있다.

남북한 간의 경제력 격차는 통일 이전 동서독의 경우보다 훨씬 크다. 남북 통합을 주도해야 하는 한국의 경제력은 서독에 비해 크게 열세인 점을 고려할 때, 통일비용을 준비하는 과정에서 한국이 독일보다 더 많은 어려움에 봉착하게 될 것이다. 1989년 동독의 GDP는 서독의 15%였던 반면, 2012년 북한의 국민총소득(GNI)은 약 300억 달러로서 1조 1,400억 달러인 한국의 2.6%(1/38수준)에 불과하다. 서독은 주민 6천만명이 동독주민 1천 600만명을 책임져야 했다. 4:1의 비율이다. 한국은 5천만명이 북한 주민 2천 500만명을 담당해야만 한다. 2:1의 비율이다.

　따라서 한국은 국력을 크게 신장시켜야 하며, 동시에 분단 기간 중 긴밀한 교류협력을 통해 북한의 경제력을 최대한 끌어 올릴 수 있어야 한다. 독일의 실수를 반면교사로 삼아 통일비용을 최소화할 수 있도록 정부 부처간 정책을 조율하여 추진해야 하겠다. 독일의 경우는 통일 초기 단계에서 매년 10% 이상 연금이 상승했다. 동독 주민들의 40%가 정부의 사회보장 지원으로 생계를 유지하였다. 독일은 정부 총예산의 약 60%가 사회복지 예산이다. 부자나라 독일도 재정부채의 증가와 투자 여력의 상실은 국내 경제침체로 이어졌다. 한국은 사회보장제도를 북한에 확대·시행하되, 유연하게 적용해야 한다. 남북은 통일 후 당분간 경제침체가 예상되는데, 기존의 사회복지 수준을 유지하기는 어렵다. 경제 활력을 저하시키는 과도한 사회복지정책을 추진하게 되면 통일 한국의 기상도를 흐리게 만들 수 있다. 통일을 위해서도 복지 포퓰리즘은 경계하지 않으면 안 된다. 북한지역에 소비성 지출을 줄이고 투자비용은 확대해야 한다. 북한주민에 대한 기초생계는 보장하되, 인프라 및 생산시설의 정비 등 북한 재건과 경제 활성화를 위한 분야에 더 많은 투자가 이뤄져야 한다. 그러나 막대한 통일비용을 우려하여 통일을 주저하거나 반대하는 것은 어리석은 일이다. 통일은 기회가 포착되면 언제든지 통일비용과 상관없이 달성해야할 민족적 과업이기 때문이다. 통일은 비용을 필요로 하지만, 분단비용의 지출을 무용지물로 만든다. 통일은 평화배당금peace dividend이라는 엄청난 경제적 이득을 가져다준다. 통일 이익과 혜택이 비용보다 헤아리기 힘들만큼 큰 것이다.

북한은 풍부한 천연자원과 저임금의 우수한 노동인력 등을 갖고 있다. 여기에다 남한의 자본과 기술, 개발경험과 결합하여 남북한 산업구조가 상호보완적으로 발전할 경우, 통일한국은 2050년 세계3위 경제대국으로 부상할 수 있다는 전망까지 나오고 있다(골드만삭스 세계경제보고서, 2009.9).

7
전방위 통일지향 외교

통일대비 차원에서 주변국은 중요하다. 이들을 대상으로 일관되게 통일지향 외교를 추진해야 한다. 통일한국이 주변국에 우호적이며, 결코 지역 안정과 평화를 위협하는 세력이 되지 않을 것이라는 인식을 줄 수 있도록 전방위 친교friendship with all 대외정책을 펼쳐야 한다. 통일 한국은 한반도의 비핵화 정책을 일관되게 유지해야 한다. 통일후 한반도에는 핵이 존재하지 않으며, 어떤 형태의 인권유린도 용납되지 않는다는 국제사회의 신뢰를 쌓아 나가야 한다.

통일한국은 국제사회의 보편적 가치를 구현하는데 마땅히 앞장서야 한다. 통일한국이 국제사회에 대한 책임을 성실하게 이행하고 있는 모습을 세계에 과시함으로써 '품위 있는 국격國格을 갖춘 나라'라는 브랜드를 전파할 수 있어야 한다. 유엔 평화유지군(UN PKO)과 재난구호, 저개발 국가에 대한 재정 지원활동에 적극 참여해야 한다. 분단 당시 서독은 세계 제3위 경제대국이었다. 때문에 전승 4강을 비롯해 주변국들과 국제사회에 영향력을 행사하고 주목을 받을 수 있었다. 한국도 국력신장을 통해 경제 대국으로 부상해야 통일의 제목소리를 갖게 된다. 그래야만 주변국들은 통일 한국이 동북아의 평화와 안정, 그리고 공존공영에 도움이 될 것이며, 그들의 국가 이익에 보탬이 될 것으로 여길 것이다.

분단시절 서독 외교정책의 핵심은 미국과의 동맹 체제를 유지하는 것이었다. 아데나워의 '친서방 정책'은 미국과의 관계를 최우선시하면서 나토 내에서 미국의 충실한 우방으로 남는 것이었다. 제2차 세계대전 종식 후 독일은 미국의 마셜플랜Marshall Plan으로 전후 복구가 가능했다. 유럽의 안보질서는 동서냉전 기간 중 미국의 적극적인 서유럽 보호정책에 힘입어 안정적으로 유지될 수 있었다. 1989년 동독의 급변사태가 발생하고 독일 통일이 가시화되는 과정에서 전승 4개국 중 독일 통일을 처음부터 지지한 나라는 미국뿐이었다. 나머지 3개국은 쓰라린 역사적 경험을 되새기면서 독일 통일에 반대했다.

영국의 대처 수상은 통일된 독일이 경제적 우월성과 안보분야에서 막강한 영향력을 확대함으로써 유럽 전체의 안보 구도를 불안정하게 만들 것이라 역설했다. 심지어 독일이 서명한 유럽통합조약(마스트리히트 Maastricht 조약) 조차도 장차 독일이 유럽 대륙을 석권하는 데 쓰일 도구가 될 수 있다고 힐난했다. 대처 수상은 통일된 독일을 통제하기 위해서는 무엇보다도 미국이 정치·군사적으로 유럽 안보에 더욱 적극적으로 개입해야 한다고 했다. 그러면서 영국과 프랑스가 긴밀한 관계를 유지할 수 있을 때만이 양국은 통일된 독일에 견제 세력으로 남을 수 있을 것이라고 강조했다.

프랑스 미테랑 대통령도 '통제할 수 없는 막강한 독일'은 유럽의 질서와 평화를 위협하는 세력이므로 유럽 전체가 결코 수용해서는 안 된다는 입장이었다.

옛 소련의 고르바초프 서기장은 동서냉전을 무너뜨리면서 독일 통일의 단초를 제공하는 데 크게 기여했다. 그럼에도 소련 역시 서독 기본법 23조에 의한 통일 방식과 나토(NATO) 회원국 자격으로 독일이 통일되는 것을 처음에는 강력히 반대했다.

당시 콜 서독 수상은 전승 4개국으로부터 통일 승인을 끌어내기 위해 시종일관 미국의 부시 대통령과 긴밀히 협의하며 통일의 전 과정을 조율했다. 부시 대통령은 독일 통일에 대한 소련의 의구심을 해소하려고 독일 측 입장을 변호했다. 부시는 독일 통일을 강력히 지지함으로써 프랑스와 영국의 반대 입장을 조정하고 설득했다. 이처럼 미국의 적극적인 지지가 없었다면, 독일 통일은 어려웠을 것이다.

독일 통일이 대세임을 감지한 프랑스의 미테랑 대통령은 이후 독일과 함께 유럽통합을 강화시키기로 합의한 다음에야 독일 통일을 추인했다. 영국의 대처 수상도 미국과 프랑스의 독일 통일에 대한 지지 의사를 확인한 후, 이에 동참했다. 결국 거시적으로 보면 서구체제의 우월성이 동서냉전 종식으로 이어지고, 독일의 통일로 귀결되었던 것이다. 이런 점에서 아데나워의 '친서방 정책'은 독일 입장에서 볼 때 대단히 값진 투자였다는 사실을 교훈으로 알 수 있다.

서독 정부가 통일과정에서 보인 노력은 H. 텔칙Horst Teltschik박사의 「329일」(베를린 장벽 붕괴부터 독일 통일까지)이라는 저서에 생생하게 새겨져 있다. 텔칙 박사는 콜 수상의 외교안보 보좌관으로 일해서 독일 통일의 긴 여정을 누구보다 꿰뚫고 있는 사람이다. 그는 독일 통일을 위해 서독 지도급 인사들이 밤낮없이 뛴 기록을 일지 형식으로 남겼다. 당시 서독의 지도층은 미국과 소련 등은 물론 전쟁 피해 국민 폴란드까지 누비면서 통일 외교를 펼쳤다.

한반도 통일에는 물론 주변 강대국의 승인이 필요가 없다. 그러나 분단이 국제정치의 산물이었던 것처럼, 통일과정에서 국제사회의 이해와 협력은 필수적일 수밖에 없다. 우리가 그 이해와 협력을 이끌어내는 데 있어서 독일의 지혜와 노력을 거울로 삼아야 한다는 점을 강조하고 싶다.

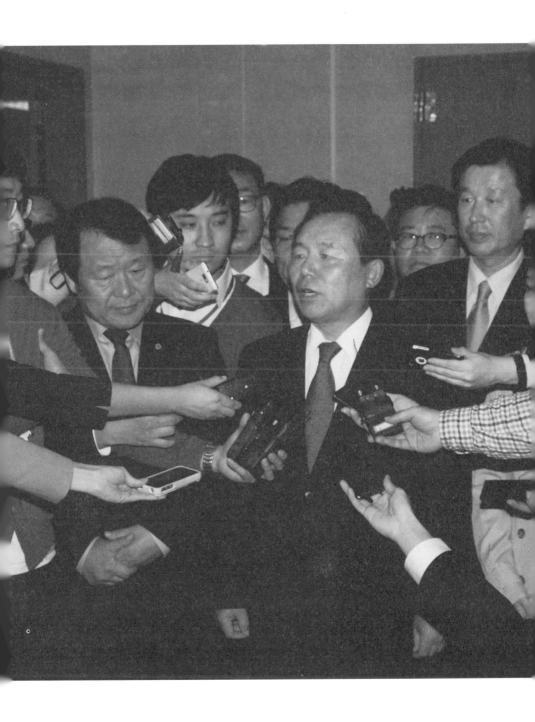

제 10부

동트는 통일 광장에서 쓰는 통일 이야기

이 글들은 『동트는 광장』, 『하나되는 광장』, 『통일의 아침』, 『세상사는 이야기』 등을 제호로 하여 쓴 칼럼 모음집이다.

1
만인(萬人)이 꾸는 통일 꿈은
곧 현실로 된다

한반도 주변 정세가 다시 흔들거린다. 북한의 3차 핵실험 이후 일본이 우경화를 본격화하면서 한·중·일 사이에 긴장이 높아지고 있다. 특히 역사문제에 얽혀 한일관계가 수렁에 빠져버렸다. 박근혜 대통령이 일본과 정상회담 일정도 잡지 못하는 상황이다. 여기에 미국이 공개적으로 일본의 집단자위권 강화를 지지하고 나섰다. 강철 같은 한·미동맹에 어떤 균열이 생기는 것은 아닐까 고민이 깊어진다.

북한의 내부사정이 어떤지 소상하게 알기는 힘들다. 관성적으로 굴러가던 북한 체제도 앞길이 보이지 않는다. 오죽하면 외부 전문가들이 북한은 지금 당장에라도 붕괴될 수 있는 상황이라고 진단할 것인가. 최근 홍콩 밍보明報는 북한이 아무 전조前兆 없이 붕괴될지 모른다고 보도하였다. 중국 사회과학원에서 2014년 1월 간행한 「2014년 아시아·태평양지구 발전 보고서」는 우리에게 많은 시사점을 던져준다. 이 보고서는 향후 5~10년 통일문제가 남북한 관계의 핵심이라고 밝혔다. 또한 한반도의 평화와 안정 과정에서 중국은 어떤 상황에서도 북한을 포기하지 않을 것이라는 북한의 오판을 불식해야 한다고 지적했다. 중국의 대학과 연구기관들은 '한국 주도의 평화통일'과 '북한 체제의 붕괴 가능성'을 공개 거론하고 있다. 이런 가운데 중국의 국책 연구기관인 사회과학원이 남북통일에 대해 중국 정부가 긍정적이고 전향적인 입장을 견지할 수 있다는 사실을 시사한 것은 의미심장하다고 본다.

지금까지 우리 정부는 분단의 관리에 중점을 두고 대북정책을 추진하였다. 자연히 북한정권을 어떻게 다룰 것이냐가 우선이었다. 억압과 굶주림에 시달리는 북한 주민은 다음이었다. 그러나 이제는 달라져야 할 시점이다. 통일을 염두에 두고 대북정책을 다시 설계하고 추진해야 한다. 그러자면 북한정권보다 북한 주민이 우선일 수밖에 없다. 통일은 북한 주민을 포함한 우리 국민의 주권적 결단을 통해서 이루어지기 때문이다. 북한 주민이 우리 헌법의 가치에 확신을 가져야만, 그 결단도 가능하리라는 것은 상식에 속한다.

한 사람이 꾸는 꿈은 그저 꿈이지만, 만인이 꾸는 꿈은 곧 현실이 된다는 말이 있다. 불변의 진리이다. 이제 통일을 꿈꾸고 이를 위해 우리의 열정을 모아야 한다. 최근 뜻있는 변호사들이 '한반도의 통일과 인권을 위한 변호사 모임'을 결성했다. 엊그제는 '통일을 여는 국회의원 모임'이 만들어졌다. 봄을 알리는 제비처럼 통일의 아침을 여는 빛이기를 소망한다.

한반도 통일은 우리 민족에게 거대한 축복으로 다가설 수 있을 뿐만 아니라, 일본의 국수주의로 분열위기에 처한 아시아를 통합하여 지역 번영과 평화를 이끄는 위대한 축복이 될 것이다.

(2013. 10. 18)

2
대북정책의 중심을
북한 주민으로 바꿔야 한다

우리 헌법은 그 전문前文에서 '평화적 통일의 사명'을, 제4조 '통일을 지향하며, 자유민주적 기본질서에 입각한 평화적 통일정책을 수립하고 이를 추진할 것'을 명문화하고 있다. 그리고 제69조에서는 대통령이 취임할 때 '조국의 평화적 통일을 위해 노력한다'는 선서를 하도록 규정하고 있다.

이렇게 통일의 전제로 내세우는 '평화'의 진정한 의미는 무엇일까.

우선 북한의 무력도발과 위험을 감수甘受하는 것은 평화가 아니다. 북한의 도발을 응징하고 위협에 근본적으로 대처하는 일이야말로 진정한 평화의 길이다. 그런데 우리 사회에는 스스로를 '평화세력'이라고 자처하면서 틈만 나면 북한의 도발을 두둔하고 우리의 응징의 지를 약화시키려는 사람들이 있다. 그들이 말하는 평화는 '가면假面' 에 불과하다.

물론 우리가 먼저 무력을 동원하여 북한을 굴복시키고 통일을 이루는 것은 평화통일이 아니다. 이는 우리 헌법이 말하는 평화적 통일에 부합하지 않는다. 그러나 북한이 먼저 전면적인 무력도발을 해온다면 이야기가 달라진다. 이때에는 전면적인 무력응징과 통일이 가능하게 된다. 이는 평화통일의 원칙을 저버리는 일이 아니다.

평화통일은 북한 당국과 협상을 통해서만 가능한 일인가. 그래서 대통령이 통일을 위해 남북영수회담에 매달리고, 북한의 웬만한 도발은 눈을 감아주어야 하는가. 이는 매우 잘못된 인식이다. 통일의 본질은 '혁명'이다. 그리고 그 주체는 북한 주민까지를 포함하는 우리 '국민'이다.

남과 북의 당국자들은 협상을 통하여 한반도의 긴장을 완화하고, 협력을 확대하며, 우리 국민들이 통일의 장래를 확신할 수 있도록 환경을 조성하여야 한다. 궁극적인 통일의 결단은 남과 북, 우리 국민들이 내리게 될 것이다. 많은 사람들이 북한 당국자, 특히 김정일을 북한의 전부로 인식하고 있다. 그러나 이는 착각이다. 북한 주민들이야말로 북한의 운명을 좌우하고 통일의 결단을 내릴 주인主人임을 잊지 말아야 한다.

그러므로 우리 정부는 북한 당국과의 협상을 통해 곧바로 통일에 접근할 수 있다는 환상에서 벗어나야 한다. 또 북한 당국과의 대화나 협상이 벽에 부닥쳤다고 하여 수수방관해서도 안 될 것이다. 언제나 북한 주민을 응시하며 헌법이 명령하는 '평화통일정책'을 추진해 나가야 한다. 북한 주민들이 통일을 향해 결단을 내릴 수 있는 환경을 만드는 일을 게을리해서 안 된다는 말이다.

북한 주민은 통일을 통하여 새로운 세상을 만들고 더 행복한 삶을 누릴 수 있다고 확신할 때 통일의 결단을 내릴 것이다. 북한 당국자들이 이 결단을 받아들이건 거부하건, 일단 '혁명'의 열기가 폭발하면 아무도 이를 막지 못하게 된다. 똑같은 상황은 아니더라도 아랍세계에 몰아쳤던 재스민 혁명의 폭풍이 이를 웅변으로 말해준다. 그런데 우리 정부의 대북정책에는 북한 주민의 마음에 통일 장래에 대한 확신을 심어주려는 노력이 보이지 않는다.

병마에 신음하고 굶주리는 북한 주민들에게 어떤 신호를 지속적으로 보내야 할까. 북한의 젊은이들에게 세계가 어떻게 변화하며 통일이 그들의 운명을 어떻게 바꿀 수 있는지를 알게 할 방법은 무엇일까. 통일 후 보복을 두려워하는 북한 권력층 엘리트들에게 통일은 미래를 향한 '따뜻한 혁명'이 될 것이라는 믿음을 어떻게 심어줄 수

있을까. 북한 주민들로 하여금 우상偶像이 아니라 자유와 인권, 인간으로서의 존엄과 가치를 신앙信仰할 수 있도록 할 방도는 무엇일까.

우리 대북정책의 중심은 이제 북한 주민으로 바뀌어야 한다. 독일은 평화적으로 통일을 성취하였다. 그러나 통일 직전까지 동독 당국은 소련의 개혁, 개방 요구도 거부하였고, 이어지는 주민들의 반체제운동도 탄압하였다. 하지만 통일의 장래를 확신한 동독 주민들의 결단에 의해 장벽은 무너지고 통일의 문이 열렸다. 북한 당국은 북한주민에게 다가가는 하나의 관문이지 북한의 전부가 아님을 명심할일이다.

이 글로써 일단 '통일의 아침(통일에 관한 오해와 진실)'을 마치려 한다. 앞으로는 구체적인 문제들에 관해 좀 더 분명한 메시지를 만들고 싶다. 북한 주민들의 마음에 통일에 대한 희망이 차오르려면, 먼저 우리 국민들의 가슴에 통일 열망이 뜨겁게 끓어올라야 한다. 통일은 우리 민족이 하나가 되어 새로운 세상을 여는 '혁명'이고, 그 혁명은 남과 북, 우리 국민들의 힘으로만 가능할 것이기 때문이다.

(2011. 4. 18)

3
한반도 신뢰 프로세스는
반드시 성공해야

개성공단의 정상 가동을 위한 돌파구가 열렸다. 오랜만에 이산가족 상봉도 이루어진다고 한다. 금강산관광 재개를 위한 회담도 조만간 열릴 모양이다. 박근혜 대통령의 한반도 신뢰 프로세스가 힘들게 작동을 시작했다는 평가가 조심스럽게 나온다.

북한의 핵을 비롯한 대량살상무기 개발이나 군사 도발 등 정치군사문제에 대해서는 한 치의 양보도 있을 수 없다. 국제사회와의 공조를 강화하여 능동적으로 대처한다는 확고한 원칙을 고수해야 한다. 그러나 경제, 문화, 의료, 인도 등 문제에 대하여는 신뢰에 기반을 둔 대화를 통하여 하나하나 풀어나간다. 한반도를 둘러싼 동북아시아 국가들과의 평화협력구상을 발전시켜 단기적으로는 한반도 문제 해결에 기여하고, 궁극적으로는 동북아 통합을 지향토록 한다.

이러한 박 대통령의 한반도 평화와 통일의 비전, 실천 전략은 성사될 수 있으며, 또 성공해야만 한다.

한반도의 정세를 과거와 현재, 그리고 정치·군사적 시각에서 바라보면 개성공단, 이산가족, 금강산 같은 이슈는 급하지 않고 필요하지도 않은 것처럼 보일 수 있다. 그러나 한반도 정세를 현재와 미래, 그리고 통일이라는 관점에서 보면 앞서와 같은 문제는 아주 중요한 실마리가 아닐 수 없다.

개성공단, 이산가족 상봉, 금강산 등은 남과 북 국민들 마음이 체제를 넘어 만나고 공감대를 키워나가는 장場이 되어야 한다. 통일이 별것인가. 남과 북 국민들의 마음이 하나가 되면 아무도 통일을 막을 수 없을 것이다. 북한 주민들이 더 넓은 자유와 더 풍요로운 경제의 가능성에 눈을 뜨고 희망을 키워나가도록 하는 것이 느린 것 같지만 가장 빠르고 확실한 통일의 길이다.

아직도 수령 독재, 선군정치, 세습을 정당화하는 북한 지도부를 생각하면 머리가 아프지만, 그들 위에 진정한 북한의 주인인 주민이 있다는 사실을 잠시도 잊어서는 안된다.

다만 앞으로 북한과 협력을 확대해 나가는 과정에서 가능한 한 현금지급방식은 축소해나가야 한다. 통일 전 서독도 동독과의 협력에서 현금이 직접 동독에 전달되는 방식은 최대한 허용하지 않았다. 유일한 예외는 서독이 동독으로부터 정치범을 인도받을 때 지급한 현금이 전부이다. 우리의 경우 금강산 관광비나 개성공단 노임을 현금으로 지급했기 때문에 어려움이 따를 수 있다. 하지만 앞으로 협력을 확대해 나갈 때 독일 방식을 따라 남북 중앙은행끼리 청산결제하도록 하면 좋을 것이다. 그렇게 되면 협력으로 인한 이익이 북한 주민들에게 돌아가고, 그 돈이 핵개발 등에 쓰일 위험성도 줄일 수 있을 것이기 때문이다.

우리 모두 이 낡아빠지고 시대와 동떨어진 분단체제를 우리의 의지로 허물고, 희망이 넘치는 통일의 길을 열기 위해 힘을 모을 때이다. 「한반도 신뢰 프로세스」 정책이 반드시 성공해야 하는 당위가 여기에 있다.

(2013. 8. 26)

4
평양에 유연한 변화를
주문하자

　평양이 금강산 관광에 이어 개성공단 관광을 중단시켰다. 그리고 개성공단에 입주한 기업에 대하여도 많은 규제를 가한다. 그 기세를 보면 평양이 언제 개성공단마저 폐쇄해버릴지 알 수 없는 상황이다. 남북경협의 상징인 이 사업에 투자한 기업들은 가뜩이나 세계적인 금융 한파에 떨고 있을 텐데, 엎친 데 덮친 격으로 남북 간의 냉기류에 알몸으로 맞서게 되었다. 우리 정부가 이들에게 어떤 외투를 입혀줄 수 있을지 답답하기만 하다.

　남북 냉기류의 진원지는 어디인가. 서울의 이른바 진보, 좌파들은 벌떼처럼 이명박 정부를 비난하기 시작한다. 이 정부의 대북 강경책이 평양의 반발을 불러왔다는 논리이다.

물론 평양이 우파정권의 출현을 달가워하지 않은 것은 사실이다. 또 평양은 이 정부가 비핵화 원칙을 강조하면서 북한의 책임을 엄격히 요구하는 자세를 견지하는 데 대하여 부담을 가졌을 것이다. 그러나 이러한 배경만으로 평양이 화해와 협력에 찬물을 끼얹는 것일까.

그동안 북한을 중심으로 중요한 정세변화가 있었다. 아직도 진실은 모호하지만 김정일 위원장의 건강과 관련하여 중대한 일이 벌어졌던 것은 사실이다. 그 연장선상에서 금강산의 총격과 우리 관광객 피살사건이 터졌다. 살얼음판을 걷던 6자회담이 평양의 합의 파기로 위기에 직면하게 되었다. 여기에 미국에서 오바마의 민주당 정권이

탄생하였고, 평양이 대미전략을 다시 짜는 계기를 주었을 것이다.

나는 당파에 연연하지 않고 객관적 시각으로 사물을 이해하려 애쓰는 편이다. 이명박 정권이 남북관계를 파탄으로 몰고자 북한을 고립시키고 있는가. 전혀 그렇지 않다고 본다. 그들의 언행 어디에도 그런 의도가 묻어나지 않았고 또 그럴 이유도 없다.

그러면 이 정부가 요구하는 비핵화와 책임 주의는 잘못되거나 무리한 주장인가. 북한의 핵무장을 은근히 지지하거나, 북한이 핵무장을 추구하는 논리를 일리 있다고 주장하는 세력들은 그렇게 생각할 것이다.

하지만 북한의 핵무장은 한반도의 평화를 근본적으로 허물고 민족 통일의 앞날에 극복하기 어려운 장애를 만든다고 생각하는 사람들의 입장에서 보면, 이 정부의 주장은 잘못된 것도 무리한 것도 아니다. 햇볕정책을 추진한지 10년이 지났으니 이제 평양도 보다 성숙한 자세로 협력의 확대에 나설 때가 되었다. 북한은 언제까지 일방적이고 책임을 지지 않는 자세로 일관할 것인가. 이 정부가 북한의 보다 성의있고 책임지는 자세를 요구하고 있는 것은 당연한 처사가 아닐 수 없다.

금강산과 개성관광의 문을 잠근 것은 평양이다. 평화롭게 관광하

는 여성을 총으로 사살하였는데 항의하지 않을 정부가 어디에 있겠
는가. 진상을 조사하고 사과하며 재발방지를 약속했다면 문제가 해
결되었을 것이다. 그런데 힘과 억지로 우리를 굴복시키려 한다. 지금
맹렬하게 북한 편을 들며 우리 정부를 비난하는 사람들에게 묻고
싶다. 왜 북한에 대하여는 한마디의 비난도 하지 않는가.

시간은 흐른다. 평양이 찬바람을 일으키며 남북관계를 경색시키
는 의도가 어디에 있든 위대한 시간의 흐름을 이기지는 못한다. 오
바마 민주당 정권이 평양의 곤경을 구해줄 동아줄이 되기는커녕
더 엄격한 원칙을 들고 나오는 것은 시간문제이다. 사실 나는 미국
민주당 행정부가 동맹인 우리의 입장을 배려하지 않거나 전략적 고
려가 없이 평양에 대해 더 강경한 정책을 추구하지 않을까 걱정하
는 사람이다.

냉기류의 장본인은 평양이다. 북한의 잘못된 의도와 실행이 찬바
람의 진원지인 것이다. 그런데 오늘 우리 사회에서 마치 우리 정부의
잘못 때문에 찬바람이 일어나는 것처럼 비난하는 사람들은 무슨 생
각을 하고 있는 것일까. 김대중 전 대통령까지 모든 민주세력이 연대
하여 현 정부의 독재, 강권 정치와 싸우라고 열을 올린다. 아니 우리
정부는 독재와 강권을 휘두르는 나쁜 정부이고, 평양은 우리 민주세
력이 힘을 모아 지켜야 할 선한 체제란 말인가. 도무지 이해가 가지
않는다.

이제 평양이 변해야 한다. 더 성숙되고 합리적인 자세로 민족의 협력과 공동번영 그리고 평화통일의 길에 나서야 한다. 북한을 무력으로 굴복시키겠다는 나라나 세력이 어디에 있는가. 핵은 무슨 핵인가. 북한에 대한 세계의 걱정을 없애버리면 그것이 곧 북한을 위하는 길이다. 개인이나 나라나 시대 안에 존재할 뿐이다. 한여름 계곡의 얼음이 녹지 않을 수 없듯이, 세계의 변화를 외면하고 자초하는 고립이 오래갈 수 없는 법이다.

이제 평양은 스스로의 결단으로 변화하는 세계를 받아들이며 성숙하고 합리적인 자세로 국제사회의 책임 있는 일원이 되어야 한다. 그렇게만 하면 모든 문제가 풀리게 된다.

우리 내부에서 이러한 평양의 변화를 요구하는 목소리 대신, 우리 정부에 대한 비난의 소리가 커지면 결국 평양의 변화는 더 멀어지게 될 것이다. 평양이 변화를 외면하고 지금과 같은 자세로 일관한다면, 남북관계의 장래와 한반도의 평화에 먹구름이 낀다는 것을 그들은 모르는 것일까. 참으로 안타까운 일이다. 평양이 기대를 걸고 있는 오바마도 '변화가 필요하다'고 외치며 대통령이 되었다. 이제 평양이 진정 필요로 하는 것은 유연한 변화이다. 우리 모두 힘들지만 평양에 변화를 주문하자.

(2008. 11. 28)

5
통일 열정과 에너지를
분출하자

통일은 워낙 큰 주제라 간단히 접근하기 어렵다. 우리가 너무 오랫동안 분단체제 속에서 살다보니 그에 익숙해져 있을 수 있다. 그래서 국민들은 통일을 두려워하기도 하고 불안해하기도 한다.

분단을 허물고 통일체제로 가기 위해서는 엄청난 에너지가 필요하다. 다행인 것은 현재 우리가 충분한 정신적, 경제적 에너지를 가지고 있다는 점이다. 우선 북한에 비해서 남한은 경제력이 40배 안팎으로 앞선다.

또한, 대한민국은 해방 이후 지속적으로 민주주의를 신장시켜 모든 국민이 인간으로서의 존엄과 가치를 향유하고 있다. 이러한 대한민국의 에너지는 통일을 성취하기에 부족하지 않다. 다만, 분단의 벽을 허물고 통일로 가기 위한 에너지를 동원할 준비가 아직 미흡할 뿐이다.

우선 많은 분들이 통일의 필요성과 통일의 장래에 대해 적극적인 생각을 하지 못하고 있는 듯하다. 우리는 통일이 아직 멀리 있다고 생각하지만, 이미 다른 나라들에서는 굉장히 임박해 있다고 판단하고 있다.

골드만삭스가 2007년 3월 「세계 경제보고서」에서 한국의 경제규모(GDP)가 오는 2025년에는 세계 9위로 올라서고 1인당 국민소득이 5만 달러를 넘어서 세계 3위가 된다고 전망했다. 더 놀라운 것은 2050년 우리나라의 1인당 국민소득은 8만 1,462달러로 미국에 이어 2위가 된다고 예상하고 있다는 점이다.

미국 다음으로 우리가 세계 두 번째 국민소득을 올릴 거라는 분석이다. 불과 30~40년 후면 우리의 국가 GDP가 프랑스, 독일을 제칠 수 있고 일본 역시 제칠지도 모른다. 미국, 중국 다음으로 우리가 세계 제3위의 경제대국이 될 수 있다는 이야기다. 이것이 세계 최고의 금융기관인 골드만삭스가 분석 전망한 수치이다.

통일의 장래는 거대한 축복이고, 통일된 한반도는 갈등하는 동북아시아를 통합과 번영으로 이끄는 구심점이 될 수 있다고 생각한다. 일본에서 난데없이 국수주의가 폭발하면서 동북아는 대립과 갈등에 휩싸였다. 이 동북아정세를 역전시킬 수 있는 역할은 통일한국이 감당할 수 있을 것이다.

이 같은 통일이 멀리 있지 않다. 우리가 북한 주민의 마음만 열면 바로 통일로 가는 것이다. 이미 북한 주민 30만 명 이상이 탈북을 했다. 우리는 그들 중 겨우 2만6천여 명 만을 포용하고 있을 뿐이다. 우리나라에 와 있는 탈북동포들을 통하여 대한민국이 '살기 좋은 나라다', '차별도 없고, 자유도 있고, 경제적으로 열심히만 하면 잘 살 수 있다'는 메시지가 북한으로 계속 들어가게 만들어야 한다. 우리가 왜 개성공단을 중요시 하는가. 그 곳에는 5만여 명의 북한 근로자와 20만 명이 넘는 동반 가족이 있기 때문이다.

개성공단의 한국 기업에서 일하는 이들은 다른 북한 주민들보다 월등히 잘 살고 있다. 이들은 고립되어 있지않다. 이들은 전체 북한 주민에게 무언의 메시지를 전달하고 있다. 이들을 통해 대한민국의 정치나 경제 체제가 북한주민을 구원할 유일한 희망이라는 신념이 퍼져나가도록 해야 한다.

최근 북한도 시장이 자꾸 넓어지고 있다. 북한 시장이 커지게 되면, 그것이 바로 통일로 가는 것이다. 어떤 체제라도 시장을 외면해서는 존립할 수 없다. 경제적으로는 북한의 시장을 그렇게 키워가면서, 다른 한편으로 국회에서는 하루빨리 북한인권법을 제정해야 한다.

　북한 주민들에게 대한민국이 그들의 존엄한 인간적 가치를 위해서 열심히 노력하고 있다는 사실을 알려주는 것은 대단히 중요하다. 고립감에 시달리는 북한 주민에게 용기를 북돋아 줄 것이기 때문이다. 우리는 북한주민들에게 통일은 과거로 가는 것이 아니라 미래로 가는 행복의 길이라는 확신을 심어주어야 한다.

(2013. 11. 6)

6
바웬사가 일러준
조기 통일론

남북관계가 얼어붙고 있다. 복기復碁해 보면 북한이 갑자기 요청한 군사실무회담에서 삐라 살포를 강력히 비난하고 삐라 살포가 계속될 경우 상응한 조치를 취하겠다고 위협한 일이 기억난다. 민간단체가 강행하는 삐라 살포가 계속되는 가운데 북의 경고대로 금강산, 개성 관광이 막히고 개성공단마저 숨통이 조여지고 있다.

우리 내부에서는 삐라 살포를 둘러싸고 갈등이 고조된다. 야당 대표라는 사람은 삐라를 살포하는 사람들을 매국노라고 공격하는 지경이다. 매국노라니, 아무리 자기 마음에 들지 않는다 하더라도 이건 너무 심한 처사가 아닐 수 없다. 우리 당국이 주도하는 행동이 아니라 북으로부터 탈출한 사람들이 밀어붙이는데, 정부가 이를 막을 뾰

족한 수단이 없는 것도 사실이다.

냉전시대 우리는 북에서 살포한 삐라를 수없이 보아왔다. 남에서도 얼마나 살포했는지 알 수 없지만 삐라 살포는 철의 장막이 둘러쳐져 있던 냉전시대 심리전의 대표적 전술이었다. 사실 북한이 개방을 하였더라면 삐라를 살포한다는 생각 자체가 존재하지 않았을 것이다. 1988년 봄 모스크바를 방문했을 때, 시내 도처에 '페레스트로이카(개혁)', '데모크라티에(민주화)', '글라스노스트(정보공개)'라고 쓰여진 현수막이 걸려 있었다.

늦었지만 지금이라도 평양은 정보의 공개와 자유로운 유통이라는 구호를 내걸어야 하지 않을까. 북한 주민들이 그들의 삶에 영향을 미치는 내외의 모든 정보들을 자유롭게 접할 권리에 무슨 조건이 있을 수 없다는 것이 나의 신념이다. 그렇게 되면 삐라를 북으로 보낼 사람은 아무도 없을 것이다. 북이 정보의 유통으로부터 밀폐되어 있다면 아무리 말려도 누군가 정보의 진공을 향해 삐라 살포를 감행하려 할 것이다. 이것은 사회의 법칙 이전에 물리의 법칙이라 할 수 있다.

2000년으로 기억한다. 나는 서울을 방문한 바웬사를 만나 대화를 나눈 일이 있다. 그는 공산치하의 폴란드에서 자유노조를 이끌고 정권에 맞서 투쟁한 인물이다. 공산체제가 무너진 이후 그는 폴란드의 민선 대통령이 되었고, 재집권에 실패한 후 서울을 방문하였던 것이다. 그는 대뜸 이렇게 말하였다. "왜 한국은 통일을 하지 않습니까?" 당황한 나는 남북관계의 복잡성을 설명하였다. 그러나 그는 나의 말에 귀를 기울이지 않고 거듭 시간이 많지 않으니 빨리 통일을 하라는 것이었다.

그때 바웬사가 제시한 한 가지 전술이 삐라 살포였다. 남한의 진실과 통일 이후 어떤 보복도 하지 않는다는 내용을 삐라에 담아 비행기로 북한 전역에 뿌리면 바로 통일이 이루어질 수 있다고 강조했다. 그는 자못 진지하고 단호한 어조로 되풀이하여 권유했다. 물론 그는 한반도의 특수성에 대해 잘 알지 못하는 사람이다. 그러나 그는 강철 같은 의지로 공산당과 투쟁하여 승리한 인물이다. 정보통제가 일상화된 사회의 본질을 통찰하고 있음이 분명하였다.

삐라 살포와 관련하여 우리 내부에서 더 이상 갈등과 분열이 있어서는 안 될 일이다. 당국이 하는 일이 아니라 민간이 법의 테두리 안에서 하는 일을 강제로 막을 수도 없는 일 아닌가. 이 문제는 북한이 해결해야 한다. 북한이 문제를 해결하는 데 어려움이 있다면 우리가 기꺼이 도와주면 된다. 사실 북한이 남북관계를 경색시키면서 그 구실을 삐라 살포로 삼았을 가능성이 크다. 이 문제로 우리 사회가 분열한다면 북한의 의도에 말려드는 것 이외의 무슨 의미가 있을 것인가. 시간을 믿고 일관된 메시지를 북에 보내야 한다.

(2008. 12. 5)

7
북한의 핵무기 보유는
민족적 재앙

미국이 MD(미사일 방어)체제 구축을 선언한 것이 1999년의 일로 기억한다. 그때 나는 워싱턴에 머물고 있었다. 미 국방성은 이 사업 추진에 필요한 천문학적 예산확보를 위해 의회와 국민을 설득해야 했다. 국방성이 내세운 최대의 위협은 놀랍게도 북한의 장거리 미사일이었다. 바로 전해 북한은 자칭 광명성 1호를 쏘았다. 이것이 미국 신 안보전략의 핵심인 거대 MD 프로젝트의 빌미가 될 줄 누가 알았을까.

나는 그때 미국의 한반도 전문가들에게 북한이 어떻게 미국의 안보위협이 될 수 있는가를 되물었다. 그들도 그저 웃음으로 답할 뿐이었다. 미국이 의중에 있는 진정한 위협은 숨기고, 현실적 위협이

될 수 없는 북한을 전면에 내세우는 양동작전을 쓰는 것은 아닐까, 그런 생각을 했던 기억이 새롭기만 하다.

그 후 10년, 마침내 북한은 3단계 추진 로켓을 연소시켜 위성체를 대기권 밖으로 쏘아 올린다고 선언했다. 미국을 비롯한 국제사회는 그 발사체가 인공위성이든 탄도미사일이든 유엔 결의를 위반한 불법으로 규정하고 즉각 중단을 요구했다. 미국은 더 나아가 북한의 발사체를 MD체제를 가동해 요격하겠다고 경고했다. 한반도에 때아닌 폭풍이 몰아칠 조짐이 보였다.

우리나라도 전남 고흥군의 섬 외나로도에 인공위성 발사기지가 건설되고 있다. 머지않아 우리가 만든 위성체가 3단계 추진 로켓에 실려 우주 공간에 쏘아 올려질 것이다. 그런데 북한은 왜 문제인가. 그들은 국제사회가 용인하지 않는 핵을 개발하고 핵탄두를 세계 어느 곳에라도 운반할 수 있는 추진체를 보유하려 하기 때문이다.

북한의 의도는 의문의 여지 없이 명확하다. 핵탄두를 세계 어느 곳에라도 운반할 수 있는 추진체를 개발하여 명실상부한 핵보유국이 되는 것이다. 북한은 핵보유국이 됨으로써 한반도에서 주도권을 장악할 수 있고, 미국을 비롯한 강대국들과 1:1로 담판을 하며 자신의 체제를 지킬 수 있다고 믿고 있음이 분명하다. 북한은 이 목표와 전략을 결코 양보하거나 포기하지 않을 것이다.

북한의 핵 폐기를 목표로 하는 6자회담은 지리멸렬하다. 여섯 당사국 가운데 아직도 희망을 걸고 있는 나라는 어디일까. 북한이 만난萬難을 무릅쓰고 수억 달러가 들어가는 장거리 미사일 발사를 계속하고 있다면, 북한의 다음 행동은 무엇일까. 미루어 짐작하기 어렵지 않다. 지난번 핵실험으로 핵탄두 개발이 완성되었을 리 없다. 그렇다면 북한은 완전한 핵보유국으로 인정받기 위해 보다 진전된 핵실험을 할 것이다. 머리 아픈 일이지만 우리는 이를 알고 전략을 세워야 한다. 북한이 핵무기를 갖고 위협하는 것은 민족적 재앙의 예고편이다.

북한이 핵을 개발하고 장거리 운반수단을 보유하는 동안, 이 땅의 친북 좌파세력들은 북한을 옹호하기에 바빴다. 심지어 북한이 하지도 않는 소리를 그들은 앵무새처럼 반복했다. 지금까지 북한은 한 번도 핵개발이나 미사일 개발을 포기하겠다는 말을 하지 않았다. 그러나 친북세력들, 심지어 정권을 잡은 이들까지 나서서 북한의 진정한 의도는 핵 보유가 아니라 체제생존일 뿐이라면서 국제사회의 공조를 약화시켰다.

우리는 냉정하게 현실을 직시하고 궁극적인 목표에 충실해야 한다. 미국이 북한의 미사일을 요격할 것인가. 성공하면 북한의 대응은 무엇일까. 실패하면 북한은 국제사회에서 사실상 핵보유국으로 인정받을 것인가. 우리의 한반도 비핵화 노선은 어떻게 되는가. 우리는 답을 갖고 있어야 한다.

(2009. 3. 18)

8
북한의 핵 목표를
바로 보자

흔히 5월을 계절의 여왕이라고 부른다. 그 찬란한 봄의 절정 5월이 지나고 6월이 온다. 지난 5월은 우리에게 어떤 시간이었을까. 따가운 6월의 태양을 바라보며 그 의미를 새겨본다.

퇴임한 지 1년 남짓밖에 안 된 전직 대통령이 자살하는 비극적인 사건이 터졌다. 그 충격파가 나라를 뒤덮은 5월이었다. 이 사건은 우리 사회 내부의 모순과 갈등이 적나라하게 모습을 드러내는 계기가 되었다. 그 여파가 얼마나 크게, 또 얼마나 오래 갈지 알 수가 없다. 바라건대, 6월의 이글거리는 태양의 열기로 어두운 감성의 찌꺼기를 모두 태울 수 있기를, 그리고 거기에서 분출하는 에너지를 새 역사 창조의 원천으로 삼을 수 있기를!

1994년 영변 핵 위기 이후 15년간 지루하게 이어온 협상의 장막을 젖히고 마침내 북한이 가면을 벗어던졌다. 북한은 이제 더 이상 본심을 숨길 필요도, 여유도 없다는 듯이 내놓고 2차 핵실험을 강행했다. 누가 속이고, 누가 속았는지 모든 것이 확실해졌다. 아직도 딴소리를 하는 사람이 있다면 스스로 자신의 정체를 폭로하는 것 이상도 이하도 아니게 되었다.

나는 일찍이 북한 핵 야망의 본질을 설명하면서 국제사회가 어떤 노력을 하던 제2, 3차 핵실험은 피할 수 없다는 것을 분명히 말한 바 있다. 북핵은 바로 북한 체제의 필연적 산물이며, 따라서 북한이 개방, 개혁을 통해 스스로 자신의 체제를 변화시키지 않는 한, 북한이 핵 보유라는 목표는 포기할 수 없기 때문이다. 여기에서 더 나아가 북한은 이 뜨거운 6월에 대륙간탄도미사일(ICBM) 발사실험을 강행할 것으로 보인다. ICBM의 목표는 바로 미국이다.

아직도 가려진 북한의 의도와 전략이 있다. 북한은 핵을 지렛대로 삼아 미국과 담판하려 한다. 그 담판에서 자신의 의도를 관철하기 위해서는 단순한 핵 보유만으로는 부족하고, 그 핵이 미국에 직접적인 위협이 되지 않으면 안 된다. 그래서 상식으로는 이해가 가지 않는 대륙간탄도미사일을 개발하려 한다. 그 의도와 목표는 무엇일까. 지금까지 전 정권 실세나 대다수 전문가들은 북한의 목표는 체제보장과 보상 그리고 경제협력이라고 말해 왔다. 이것이 진실인가. 이런 소극적인 목표를 달성하기 위해 그들이 지금 가면을 벗어던지면서 이렇게 도발적인 행동을 한단 말인가.

아니다. 북한이 추구하는 궁극적인 목표는 한반도의 종주권宗主權이다. 그들은 미국이 한반도에서 떠나면 남한은 자기들 수중에 떨어진다는 환상을 갖고 있다. 그들이 그러한 환상을 가질 수 있도록 부추기는 세력이 우리 사회 안에 상당수 존재하고 있다는 것을 부끄럽지만 인정하지 않을 수 없다. 그들의 환상을 지우기 위해서는 따라서 우리 내부의 단합이 절실하다. 내부가 분열되고 한미동맹에 균열이 오면 그들의 전략이 먹히지 않는다는 보장도 없을 것이다. 미국이 언제까지나 절대적으로 우리 편에 서주리라는 것 또한 너무 순진한 생각이다. 북한의 핵 목표를 바로 보아야 한다.

국가 안보와 국민의 안위安危에는 추호의 흔들림이 있어서는 안 된다. 남북관계를 발전시키고 한반도의 평화를 유지하자면, 누구도 넘볼 수 없는 안보 태세가 기본이다. 그런 점에서 국방과 통일, 외교 노선은 한 치의 오차가 없이 함께 굴러가야 한다.

5월은 이렇게 지나갔다. 이제 6월의 태양이 이글거린다. 개인 한 사람은 흔들릴 수 있지만, 나라는 흔들리지 말아야 한다. 안팎의 도전과 시련을 이겨내는 시간이 되어야 한다.

(2009. 6. 3)

9
중심(中心)을 잃으면
균형이 무너진다

무릇 중심을 잃으면 균형이 무너진다. 그 뒤에 벌어지는 운동은 궤도를 일탈하여 걷잡을 수 없게 된다. 이런 현상이 여기저기에서 보인다. 가뜩이나 경제는 위기이고 민생은 불안정한데 참으로 엎친 데 덮친 격이다.

우선 북한을 바라보자.

많은 전문가들은 미국에 민주당 정권이 등장하면 북미 간의 대화에 진전이 있을 것이고 핵 문제 해결의 실마리가 풀릴 것으로 예측하였다. 그러나 결과는 정반대로 나타났다. 오바마가 들어선지 몇 달 되지도 않아 북한은 다짜고짜 장거리 미사일을 발사하고 2차 핵실험을 하겠다며 미국을 비롯한 국제사회와 정면으로 대치한다. 오바마 정부의 국무장관인 힐러리는 이런 북한을 향해 "스스로 무덤을 더 깊이 파고 있다"며 싸늘하게 대응한다.

북한은 개성공단에서 일하는 우리 관계자를 일방적으로 감금하고도 아무 설명이 없다. 남북 간의 신변보장에 관한 협정을 따지기 이전에, 면담은 고사하고 설명도 하지 않은 채 무한정 감금하는 행태를 보이고 있으니 참으로 상식을 가지고는 설명할 수 없는 노릇이다.

그들은 한발 더 나아가 개성공단에 관한 기존의 법률이나 계약은 모두 무효라고 선언해버렸다. 공단에 입주한 기업들에게는 나가든지 자기들의 요구에 응하던지 택일하라는 것이다. 그들의 안중에 이미 대한민국은 존재하지 않는 것 같다.

북한의 이러한 행동 배경에 관하여 여러 분석이 가능하겠지만, 결국 북한이 빠른 속도로 중심을 잃어가기 때문에 이런 상상하기 어려운 일이 터져 나오는 것으로 보인다.

우리 사회 내부를 보자. 여당이나 야당이나 중심을 잃고 표류하기는 마찬가지다. 지난 보궐선거에서 두 당 모두 내부의 모순이 그대로 폭로되었다. 무소속 앞에 두 당 모두 참패하지 않았는가. 그리고도 아무 대책이 없다. 민주정당을 자처하며 국회를 온통 폭력으로 얼룩지게 해놓고도 당당하기만 한 그들이다. 보도를 보면 6월에 열리는 임시국회에서 미디어법을 놓고 다시 폭력사태가 재연될 것이 거의 확실하다. 국민 앞에 한 약속도 다 소용이 없다. 시민사회단체와 연대한다고 하는데 그들이 누구인지 잘 모르겠다. 죽창을 들고 난투극을 벌인 사람들도 틀림없이 거기에 포함될 것이다.

정당이나 국회의원이나 모두 헌법의 '아들'이다. 그러나 지금 폭력을 불사하는 이들에게 헌법이 있는지 의문이다. 어제 우리나라 헌법학의 거장이신 김철수 교수께서 자신의 저서 '헌법학신론'을 보내주셨다. 그 서문을 소개하고 싶다. 금년 3월 29일 자의 '제19전정판 머리말'에 노교수님의 분노어린 한탄이 이렇게 서술되어 있다.

"지난 1년의 헌정憲政은 불법시위와 국회폭력이 얼룩진 한 해였다. 국민들은 좌파정권의 청산을 위하여 대통령 선거와 국회의원 선거에서 절대다수로 우파정권을 지지하였건만, 이러한 민의를 무시하고, 폭력으로 정권을 탈환하려는 일부세력이 난무하여 헌정질서는 위기에 빠졌다."

그들 정당들이 보이는 노선갈등 또한 가관이다. 그 논쟁의 가운데 이성과 합리는 설 땅이 없다. 낡은 이념이나 맹목적인 적대감이 판을 친다. 걸핏하면 어느 당 2중대로 몰아붙인다. 진보정당을 만들어

적지 않은 의석을 확보한 세력이 틈만 나면 길거리로 나와 폭력시위를 벌인다. 이 나라에 법이 있고 질서가 있는가. 그들에게 대한민국은 어떤 존재인지 묻고 싶다.

중심을 잡아야 한다. 북한 때문에 벌어지는 사태, 그로 인한 우리의 문제를 해결하는 첩경은 북한의 중심을 바로 세우는 일이다. 북한이 남북관계에 균형을 잡지 못한 것은 어제 오늘의 일이 아니다. 어느 날에는 남북대화에 나섰다가 갑자기 태도를 돌변하며 군사 도발을 일삼아 왔다. 따라서 우리는 남북관계에서 일희일비—喜—悲할 필요가 없다. 거시적으로 남북대화는 중요하지만, 우리가 주도하는 남북관계의 큰 그림이 절실한 시점이다. 우리에게 무슨 전략이 있는지 궁금하다.

우리 사회 내부의 중심 또한 바로 서야 한다. 뼈저린 성찰과 자기혁신을 통해 가능한 일이다. 법의 권위와 정의가 후퇴해서는 안 된다. 어떤 대가를 치르더라도 바로 잡아야 한다. 중심이 흔들리고 질서가 무너지면 무슨 일을 도모하고 성취할 수 있을까. 아무도 책임질 수 없는 재앙이 닥칠 뿐이다. 늦기 전에 중심을 세워야 한다.

(2009. 5. 21)

10
허공(虛空)에서
들려오는 소리

　북한이 우리는 물론 국제 사회의 일치된 반대에도 아랑곳 하지 않고 장거리 로켓을 발사하였다. 탑재된 물체가 위성체인지, 탄두인지는 그리 중요하지 않다. 이미 핵실험을 강행한 북한이 노리는 목표는 핵탄두의 운반수단을 확보하여 명실상부한 핵보유국이 되려는 것이다.

　따라서 북한이 인공위성을 궤도에 올려놓는 데 실패한 것은 문제가 되지 않는다. 이번 발사를 통해 북한의 장거리 운반능력이 상당한 진보를 이루었다는 사실이 입증되었기 때문이다.

　유엔 안보리가 의장 성명을 통해 북에 대한 제재를 천명하고 나섰지만, 작심하고 나선 북한에 그리 유용한 제재수단이 있는 것 같지도 않다. 미국을 비롯한 국제사회가 자기들 의도대로 끌려온다면 모르지만 이는 상상하기 어려운 일이다. 이제 북한은 2차 핵실험을 향해 질주할 수밖에 없다. 브레이크 없는 자동차처럼 말이다. 미국이 양자대화에 나서서 북한의 주장을 상당부분 수용해준다면 상황이 조금 달라질 수 있을지 모른다. 하지만 궁극적으로 북한은 결코 핵 보유 야망을 꺾지 않을 것이다.

북한은 국경을 넘은 미국 두 여기자를 구금하고 개성공단에서 일하는 우리 관계자를 억류하고 있다. 미국 기자의 경우에는 무단히 국경을 넘었으니 그럴 수 있다고 치자. 그러나 개성공단 관계자의 억류는 이해가 불가능하다. 이유조차 설명하지 않다니! 속수무책인 정부의 대처 또한 한심하기만 하다. 금강산 관광과 개성공단은 남북경협의 두 상징이다. 우리 관광객을 무참히 사살하여 금강산 관광을 중단시키더니, 이제는 개성공단 관계자의 기본적인 인권을 짓밟는다. 도대체 그들은 무슨 생각을 하고 있을까.

정부는 북한이 로켓을 발사할 경우, 그 대응책으로 즉시 PSI (대량살상무기 확산 방지구상)에 참여한다고 천명하였다. 이에 대하여 북한은 강력 반발하고 나섰다. PSI 참여는 그 자체가 자기들에 대한 선전포고라는 것이다. 이제는 한발 더 나아가 서울이 휴전선에서 50km 밖에 떨어져 있지 않다며 군사적 위협조차 서슴지 않는다. 나는 대

한민국이 왜 북으로부터 이런 막말을 들어야 하는지 종잡을 수가 없다. 우리가 그들에게 말 못할 약점을 잡혀서인가. 우리가 어떤 허점을 보여서인가.

대한민국은 이제 허공에서 들려오는 소리에 흔들릴 필요가 없다. PSI에 참여하기로 했으면 시간을 끌 이유가 어디에 있는가. 단호히 결정해버렸다면 우리 국민을 화나게 하는 휴전선 운운하는 소리도 나오지 않았을 것이다. 지금이라도 신속히 실행해버리면 된다. 북한이 진정으로 우리의 PSI 참여에 대하여 할 말이 있다면 남북 간의 대화를 통해 의견을 제시해야 한다. 그렇다면 토론이 가능하고, 토론을 위해 참여결정이 늦어질 수도 있을 것이다. 그렇게 하지 않고 허공을 향해 우리를 위협하는 행위가 얼마나 치명적 오산誤算인지를 북은 명심해야 한다.

봄이 오면 계곡의 얼음이 녹아야 한다. 계곡의 얼음 때문에 다가오는 봄이 물러갈 수는 없다. 이것이 자연의 이치이다. 역사의 법칙 또한 마찬가지이다. 낡은 이념, 가치, 제도는 사회의 진화를 통해 도태되고 새로운 이념, 가치, 제도가 그 자리에 들어선다. 동서양을 막론하고 2천 년 넘게 지속되어 온 봉건제는 무너지고 근대 시민사회가 열렸다. 자유, 평등, 인권이 그 중심 가치였다. 근대로부터 현대로 이어지는 역사발전 단계에서 등장한 거대한 반동反動이 바로 프롤레타리아 계급독재를 내세우는 사회주의 혁명이었다. 그러나 이 이념, 가치, 제도는 사회의 진화 과정에서 이미 도태되어 버렸다. 중국이나 쿠바 같은 몇몇 나라에 아직 제도의 형식은 남아있지만, 이미 그 내용에 있어서는 과거와 판이한 변화과정을 밟고 있다.

그러나 안타깝게도 한반도의 북쪽에서는 아직도 이러한 변화가 일어나지 않는다. 수령제, 세습, 선군정치 등 사회주의 혁명 단계에서도 들어보지 못한 생소한 구호들이 난무하고 있으니 그저 답답하기만 하다. 봄이 되어 얼음이 녹으면 그 물은 생명을 키운다. 우리는 역사 발전 단계에서 등장했다가 지금 도태되는 제도를 악惡으로 몰아붙일 이유가 없다. 얼음은 겨울을 지키고 계절의 변화에 따라 녹아 새로운 생명의 원천이 된다. 마찬가지로 낡은 제도는 무너져 새로운 제도의 토대가 될 뿐이다. 우리 사회도 역동적으로 이 과정을 밟아 왔다. 모든 현상이 그러하듯 낡은 것과 새로움이 교차하면서 '하나의 밀알' 같은 역할을 해냈다.

그래서 나는 북의 지도자들에게 개방과 개혁을 주문해 왔다. 누구를 위해서가 아니라 바로 자신들을 위해서 문을 열고 개혁에 나서야 한다. 그 과정에서 일부 혼란이 따를까 두려워할 필요는 없다. 우리를 비롯해 북의 개방, 개혁 노력을 도와줄 나라는 많아도 위해危害할 나라는 없을 것이기 때문이다. 도대체 어느 나라가 합당한 근거 없이 북을 무력이나 강제로 위협하겠는가. 그렇게 할 이유를 찾을 수 없다.

북한의 결단은 빠를수록 좋다. 유아독존唯我獨尊이란 사전에나 있는 말이지 국제사회에서는 불가능한 현실이다. 북한이 핵이니 미사일이니 하며 일시 미국이나 우리를 위협할 수 있다고 생각하면 이는 착각일 뿐이다.

지금 북한이 대면하고 있는 진정한 상대는 대한민국이나 미국이 아니라 변화를 재촉하는 시간이라는 사실을 직시해야 한다. 누가 시간을 이길 수 있단 말인가. 아무도 없다.

허공에서 들려오는 소리에 일희일비一喜一悲할 필요가 없다. 흔들려서도 안 된다. 시간의 위대함을 믿고 나아가면 된다. 우리가 그들을 적대시하지 않는데, 그들은 우리를 향해 할 말 못할 말을 쏟아내고 있다. 이는 변화의 시점이 가까이 왔다는 역설적 반증이기도 하다. 우리 함께 손을 잡고 진정한 평화, 번영, 통일을 이루어나갈 시간이 가까이 다가오고 있음을 잊지 말아야 할 것이다.

(2009. 4. 20)

11
이제 분단의 벽을 허물고
통일의 지평을 보자

20년 전 오늘, 독일을 갈라놓고 있던 분단의 벽이 허물어졌다. 무너진 벽을 넘어 그들은 하나가 되었고, 힘든 통합의 여정을 거쳐 위대한 통일국가를 완성하였다. 그들의 통일은 거기에 그치지 않고 유럽을 하나로 만드는 결정적 계기가 되었다. 머지않아 유럽연합의 대통령을 뽑는다니 시간이 만들어내는 거대한 드라마에 숨을 죽이게 된다.

그러나 한반도 분단의 벽은 아직도 허물어지지 않고 있다. 오히려 더 강고해지는 것은 아닌지 두려운 마음이다. 이 얼마나 부끄럽고 수치스러운 일인가. 오늘 우리를 더 절망하게 하는 것은 아직도 분단의 벽이 엄존하고 있다는 사실 자체가 아니라, 분단을 극복하겠다는 의지와 열정이 얼음처럼 차갑다는 사실이다.

통일은 누가 하는가. 바로 우리 민족 구성원이다. 주변 나라들은 우리의 통일에 이런저런 이해관계가 있지만 그들의 힘으로 통일을 이루지도, 방해하지도 못한다는 것은 분명한 사실이다. 우리는 그들이 우리의 통일을 돕고, 우리의 통일을 통하여 공동번영을 이루어 나가도록 관계를 발전시켜 나가야 한다. 통일은 우리뿐만 아니라 그들에게도 축복이 될 것이니 말이다.

통일은 무엇으로 하는가. 바로 우리 마음의 열정이다. 머리와 계산으로 통일이 이루어질 수는 없다. 독일 분단의 벽을 허문 것도 서독 주민들의 열망, 동독 주민들의 열정이었다. 누가 조직하고 동원한 힘이 아니라, 그들의 가슴으로부터 터져 나온 열정의 에너지가 벽을 허물고 통합을 이루어낸 것이다. 여기에다 동독 주민들은 자발적으로 서독 체제와의 통합을 결단했다. 서독 체제에 합류_{合流}하는 길이 바로 더 나은 삶을 영위하는 것이라고 확신했기 때문이다.

그러나 남과 북, 우리 민족 구성원의 가슴은 어떠한가. 왜 열정의 불꽃이 일어나지 않는가. 양쪽 다 정치 지도자들의 책임이다. 분단 구조가 그들의 기득권을 지키는데 좋을지 모르지만, 우리 민족 구성원 모두에게 이보다 더 큰 재앙은 없다. 늦었지만 지금이라도 우리 모두의 가슴에 통일의 불씨를 지펴야 한다.

통일은 우리 민족공동체의 모순을 일거에 해결하고 새로운 시대의 지평을 여는 결정적 계기가 될 것이다. 북쪽에서는 식량이 없어 굶주리고, 남쪽은 일자리가 없어 절망한다. 북은 낡은 체제의 질곡 속에 갇혀있고, 남은 벌어지는 양극화에 신음한다. 분단을 허물지 않는 한, 이 모순을 해결할 방도가 보이지 않는다.

우리 민족 구성원의 열정으로 벽을 허물고 통일의 지평을 열어보자. 북에 굶주림이 있을 것인가. 일거에 해결될 일이다. 또한 경제적으로 진공眞空상태나 마찬가지인 북으로 몰려갈 인프라 건설과 민간 투자 수요가 적어도 10년 동안은 풍부한 일자리를 만들어주고, 무너진 중산층을 복원시켜줄 것이다. 이는 의문의 여지가 없는 진실이다. 우리가 당면하고 있는 모순과 딜레마를 동시에 해결하는 길이 바로 통일이다.

이제 무기력과 두려움을 밀어내고 통일의 지평으로 나가야 한다. 분단의 벽에 기대 알량한 기득권을 누리는 이들을 의식할 필요도 없다. 그들에게 끌려갈 이유는 더욱 없다. 우리의 뜨거운 가슴으로 벽을 허물면 통일의 시대가 열리고, 그 새로운 세상에서 우리 모두는 희망을 노래할 것이기 때문이다.

(2009. 11. 9)

12
지금은 우리 내부부터
하나가 될 때

천안함의 진실이 백일_{白日}하에 드러났다. 그럼에도 북한은 연일 한국의 모략책동이라는 선전선동을 계속하고 있다. 보도를 보니 어제는 평양 광장에서 십만 명이 모여 무슨 군중대회를 했다고 한다. 거기에 등장한 구호가 걸작이다. "감히 덤벼들면 죽음만이 차려질 것이다!"

그들은 또 매체를 동원하여 우리 내부의 분열과 대립을 부채질하기에 바쁘다. 이번 지방선거에서 여당을 찍으면 전쟁이라는 것이다. 그러면 어느 당을 찍어야 평화란 말인가. 그들은 마음만 먹으면 언제든 전쟁을 일으킬 것처럼 우리 국민을 협박한다.

북한의 그러한 협박은 너무 상투적이어서 지겨울 정도이다. 그런데 문제는 우리 내부이다. 문제만 생기면 북한 편에 서서 대한민국에 돌을 던지는 일부 세력들은 그렇다 치자. 그러나 우리 헌법의 테두리 안에서 활동하는 책임 있는 정당이나 정치인들의 언동은 큰 문제이다.

그들은 천안함을 두 동강 내고 우리 장병을 살해한 북의 도발에 대해서는 눈을 감거나 아주 의례적인 언급을 할 뿐이다. 물론 김정일에 대한 비난이나 책임추궁은 없다. 그러면서 우리 정부나 군에 대하여는 온갖 비난에 열을 올린다.

그들은 북한이 쉬지 않고 전쟁 운운하며 평화를 위협하는데도, 우리 정부가 북의 도발을 응징하기 위한 최소한의 조치를 취하는데 대하여 비판을 멈추지 않는다. 거꾸로 우리 정부가 평화를 깨고 전쟁을 획책하는 것처럼 국민을 오도하기 위해 안달이다. 심지어 국제사회가 모두 인정하는 과학적인 조사결과를 날조라고 주장하는 북한의 선동에 그대로 동조하는 국회의원조차 있다.

많은 사람들이 중국의 태도에 주목하고 있다. 천안함 문제뿐만 아니라 한반도의 정세변화에 있어 중국의 역할은 막중하다. 중국은 오직 '국익' 차원에서 한반도 정책을 추진한다. 그러므로 나는 천안함 사건이 발생했다고 하여 중국이 하루아침에 한반도정책을 선회하지

않을 것이고, 또 바꾸더라도 한계가 있을 것으로 판단하고 있다.

우리는 중국에 대하여 무엇이 진정 중국의 국익에 부합하는 것인지를 끈질기게 설득하고, 우리가 취해야 할 조치들을 단호하게 해나가야 한다. 그리되면 중국은 서서히 우리가 바라는 방향으로 정책을 선회하게 될 것으로 확신한다.

지금은 우왕좌왕할 때가 아니다. 우리의 단호한 의지를 행동으로 보여주어야 할 시점이다. 그런데 군이 천명했던 대북심리전을 보류했다고 한다. 이는 아주 잘못된 결정이다. 대북심리전을 지금 하느냐, 늦추느냐는 것은 본질적인 문제가 아니다. 북한은 우리가 대북심리전을 개시하면 개성공단을 폐쇄하고 심리전 수단을 직접 타격하겠다는 위협을 하지 않았던가. 그러므로 심리전 보류 결정은 북한은 물론 우리 내부의 많은 사람들에게 우리 군이 북한의 위협에 굴복했다는 신호로 비칠 수밖에 없을 것이다. 그 결과 우리가 추구하는 방향과 다른 방향으로 나쁜 정세 변화가 일어날지도 모른다.

이명박 대통령이 적절한 입장을 밝혔다. 우리는 전쟁을 원치 않지만, 동시에 전쟁을 두려워하지도 않는다. 나는 전적으로 공감한다. 사실 북한은 대한민국과 우리 국민이 전쟁을 두려워하기 때문에 언제든지 전쟁으로 위협하기만 하면 굴복시킬 수 있다는 잘못된 생각을 갖고 있다. 이 때문에 북한이 끊임없이 잘못된 행태를 되풀이하고 있다고 보아야 한다.

이제 북한의 이 환상을 깨트릴 때가 되었다. 우물쭈물하거나 우왕좌왕하면 그 환상을 깰 수가 없다. 천안함 사건에 대한 우리의 대응 조치 가운데 남북경협 중단, 유엔 안보리 회부 등 대내.외교적 수단에 관하여는 충분히 이해하지만, 북의 군사도발에 대한 군사적 보복 응징 수단은 왜 제외되었는지 이해가 가지 않는다.

만일 대만의 잠수함이 중국 함정에 어뢰를 쏘아 두 동강내고 중국 장병들을 살해했다면 중국은 어떤 조치를 취했을 것인가. 반드시 도발 근거지를 타격하는 군사조치를 감행하였을 것이다. 우리의 경우도 다르지 않다고 생각한다. 우리는 군사적으로 응징 보복할 마땅한 권리를 보유하고 있다. 언제, 어떻게 할 것인가는 전적으로 국군 통수권자인 대통령에 달려있을 뿐이다.

천안함 사건은 한반도 정세변화의 분수령이다. 냉전의 위험한 평화를 지나 화해의 불안한 평화가 이제 천안함 사건과 더불어 막을 내린 것이다. 이제는 진정한 평화를 구축해야 할 때이다. 이 정부가 그러한 정세변화를 주도하고 있어 다행이다. 미국이나 일본도 이에 동조하고 있고, 중국이나 러시아도 속도는 느리지만 이 추세를 거스르지 않을 것이다.

진정한 평화를 구축하고 통일을 성취하기 위하여 지금 무엇보다 우리 국민이 단합하는 일이 시급하다. 우리 내부의 분열은 북한뿐만 아니라 국제사회를 향해 아주 나쁜 신호가 될 것이다. 우리 내부가 분열하고 있는 한, 북한 내부의 변화를 기대할 수 없다. 북한 내부의 변화가 없는 평화 또한 환상일 뿐이다. 분열된 나라를 믿고 한반도의 진정한 평화와 통일을 위해 국제사회가 협력할 것인가.

그러므로 지금은 정파의 이해를 초월하여 하나가 될 때이다.

(2010. 5. 31)

13
놀라거나 두려워하지 말자

어제 북한이 도발을 감행하였다. 포연이 자욱한 연평도의 모습을 보면서 우리 국민들은 무엇을 생각했을까. 북의 진정한 의도는 무엇인가. 전쟁이 나는 것은 아닌가. 같은 동포, 그것도 민간인을 향하여 무차별적인 포격을 퍼붓는 북은 도대체 어떤 존재인가. 놀라고, 불안하고, 분노하며 하루를 보냈으리라.

북의 도발은 체제의 모순이 가져온 필연의 결과이다. 시대를 역행하는 우상화, 세습제 그리고 선군체제가 갈 곳을 잃고 절망적인 상황에서 돌파구를 찾으려는 헛된 몸부림이다.

그러므로 우리가 놀라거나 두려워해서는 안 된다. 침착하고 냉정하게 대처하면 된다. 그들의 도발이 무용無用하다는 것을 뼈저리게 느끼도록 해주면 된다. 그러기 위해서는 반드시 열 배로 응징해야 한다.

우리의 대북정책에 잘못이 있었다면 북에 대하여 일관된 메시지를 보내지 못한 일이다. 북한에게 시대 역행을 멈추고 조속히 개방, 개혁에 나설 것을 요구했어야 한다. 우리가 그 개방, 개혁을 진정으로 도와준다는 것과 동시에 어떤 도발도 절대 용납하지 않는다는 강인한 의지를 보여 주었어야 한다. 하지만 지난 두 정권이 그들에게 반대의 신호를 보냈고, 이것이 화를 키워 포탄으로 돌아온 것이다.

지난 일을 탓할 것이 아니다. 우리가 지난 일에서 교훈을 얻어 과오를 되풀이하지 않으면 된다. 우리는 북한 주민들이 그 체제의 모순을 바로잡을 수 있도록 도와주어야 한다. 저 모순에 가득 찬 체제를 끌고 가는 엘리트 집단도 엄격히 말하면 그 체제의 희생자들이다. 그들 스스로 체제개혁에 나설 수 있다면 이보다 더 좋은 일은 없을 것이다. 우리가 진정으로 도울 수 있을 것이니 말이다.

북을 변화시킬 수 있는 힘은 멀리 있지 않다. 바로 우리 국민의 단합된 힘과 의지이다.

국회는 부질없는 정쟁을 당장 때려치워야 한다. 대통령은 국민의 단합을 이끌고 군의 사기를 북돋는 리더십을 보여주어야 한다. 용기와 열정, 결단과 행동의 카리스마가 요구되는 시점이다.

북의 3대 세습은 비극으로 끝날 가능성이 크다. 꿈에서라면 몰라도 현실에서는 상상이 가지 않는 일이니 말이다. 그렇다면 앞으로 얼마나 더 많은 도발이 기다릴지 알 수 없다. 이런 상황에서 북은 핵 실험을 계속하고 우라늄 농축을 대대적으로 한다면서 대놓고 미국의 핵 전문가를 불러 이를 과시한다. 한국은 말할 것도 없고 미국이나 국제사회의 입장도 아랑곳하지 않겠다는 것이다.

우리 속담에 호미로 막을 것을 가래로도 못 막는다는 말이 있다. 지난 두 정권이 북의 핵 역량을 여기까지 키우는데 큰 몫을 하였다. 참으로 기막힌 역설逆說이다. 지금 북의 도발이 포격이지만, 머지않은 장래 그들은 핵 가방을 들고 도발해 올 것이다. 그때 우리는 무엇으로 대응할 것인가. 우리가 강을 뛰어넘는 결연한 의지로 비상한 결단을 해야 하는 이유를 굳이 설명할 필요가 없다.

나는 믿는다. 후일 통일이 되고 나면, 오늘 떨어진 북의 포탄은 그들 체제의 모순이 종말에 이르렀다는 신호였고, 그 화염은 통일의 새벽을 알리는 여명黎明이었다는 사실을 말이다. 우리는 당황, 불안, 초조, 두려움을 떨쳐버려야 한다. 이 도발을 극복하고 나면 바로 통일의 지평이 열리게 된다.

나라를 지키다 바친 희생은 더 없이 명예롭다. 우리 모두 전사한 장병들의 명복을 빌고 그 희생이 헛되지 않도록 해야 한다. 통일, 우리를 더 자유롭게 하고, 더 행복하게 하는 길이다.

(2010. 11. 24)

14
통일에 대한 오해와 진실

엄혹했던 추위를 밀어내며 봄이 오고 있다. 얼음 깨지는 소리가 들리고 벌거벗은 나뭇가지에 녹색 기운이 완연하다. 자연의 순환을 누가 막을 수 있을까.

아프리카 튀니지에서 시작된 시민혁명이 이집트를 거쳐 이란, 바레인, 예멘 그리고 리비아로 번지고 있다. 하나같이 장기독재와 부패로 얼룩진 체제를 무너뜨리는 거대한 혁명의 불길이다. 혁명을 통해 그들은 새로운 시대의 아침을 열고 있다.

이 시민혁명의 불길이 북한으로 번질 것인가. 아침 보도를 보니 이미 중국에서도 '재스민 혁명'의 바람이 불기 시작한 모양이다. 많은 사람들이 북한에서도 변혁이 일어날 것을 예언한다. 미래를 꼭 짚어서 점칠 수는 없지만, 북한 사회가 혁명적 변화를 피할 수 없으리라는 것은 역사의 법칙에서 볼 때 너무나 당연한 일이다. 다만, 불이 붙는 시기와 과정을 예측하기 어려울 뿐이다.

한반도의 냉전은 분단을 제도화하였다. 냉전의 칼바람 속에 남과 북에는 독재가 자리 잡았다. 그러나 남에서는 여러 차례의 시민혁명을 통하여 민주화와 경제적 번영을 성취한 반면, 북의 독재는 점점 더 악화되어 더 이상 퇴로가 없는 막다른 골목에 이르고 말았다. 참으로 안타까운 일이다.

이제는 통일의 시대이다. 우리 모두 통일의 의지를 다지고 전략을 마련하며, 분단을 녹일 강렬한 에너지를 끌어모아야 한다. 거대한 에너지 없이 통일이라는 혁명을 성공시킬 수 없기 때문이다. 하지만 이를 방해하는 그릇된 시각이 여기저기 버티고 있다. 바로 통일에 관한 오해誤解가 그것이다.

오해는 한번 자리를 잡으면 뿌리를 내린다. 그래서 오해를 풀고 진실이 자리를 잡는 데에는 진통이 따른다. 친구 사이, 부부 사이의 작은 오해도 쉽게 풀리지 않는다. 오늘날 지구는 둥글고, 지구가 태양을 돌고 있다는 사실을 의심하는 사람은 없다. 그러나 중세 사람들은 지구는 평평한 판板 구조이며, 태양이 지구를 돌고 있다고 믿었다.

갈릴레오 갈릴레이가 이 오해를 풀기 위해 목숨을 내놓을 뻔했던 일화는 유명하다.

이렇게 많은 사람들이 진실이라고 믿는 오해를 푸는 일은 간단하지가 않다. 특히 통일에 관한 오해는 대부분 그 배후에 냉전 이데올로기가 자리를 잡고 있다. 그래서 그 뿌리가 매우 깊을 뿐만 아니라, 뿌리를 뽑기 위해서는 엄청난 저항에 직면할 수 있다. 그러므로 오해를 풀고 진실이 자리 잡도록 하려면 힘든 투쟁이 필요한 것이다.

나는 앞으로의 글에서 반드시 풀어야 할 몇 가지 오해를 차례로 말하려 한다. 통일의 아침을 열기 위해 먼저 해결해야 할 대목이 바로 이것이라고 믿기 때문이다. 우리 모두 깊이 생각할 필요가 있다. 분단에 관한 자신의 이해관계 때문에 진실을 거부하고 오해를 고집하는 사람들을 설득해야 한다. 통일은 궁극적으로 우리 모두에게 선善이고 이익이 될 것이므로 설득하지 못할 이유가 없다.

한강의 얼음 깨지는 소리가 밤의 평온을 흔든다. 천안함과 연평도의 폭음도 역설적으로 북한을 지배하는 냉전의 얼음이 풀리는 신호일 가능성이 크다. 두려워할 이유도, 당황할 필요도 없다. 통일의 열망을 불태우며 북한의 변혁을 통찰하면 될 것이다.

(2011. 2. 21)

15
한반도 통일과 번영은
중국의 국가 이익에 맞는다

북이 도발을 계속하면서 중국의 진정한 의도가 무엇인지를 놓고 말들이 많다. 어제는 다이빙궈 외교담당 국무위원이 후진타오 주석의 특사로 서울을 방문하여 이 대통령에게 6자회담 개최를 제의한 모양이다. 우리가 거절할 것이 분명한데 중국은 무슨 명분을 축적하면서 다음에 어떤 수를 놓으려고 이런 행보를 할까. 도대체 중국은 한반도의 미래에 대하여 어떤 생각을 하고 있을까.

중국은 한반도의 운명을 결정하는데 어느 정도의 영향력을 가지고 있는지부터 생각해보자.

중국이 절대적으로 결정적인 영향력을 행사할 수 있다는 전제를 하는 것은 섣부르다. 한반도의 운명은 우리 민족이 주인으로서 결정하는 것이며, 우리의 주권에 속하는 사항이다. 중국은 한반도의 운명이 어떻게 결정되느냐에 따라 이해관계를 갖는 주변국의 하나일 뿐이다.

따라서 북의 정세가 혼미해지면 중국이 인민해방군을 진주시킨다든지, 북한에 친중親中정권을 세워 한반도 분단을 유지한다든지, 심지어 북한을 중국의 영토로 편입할 가능성이 있다는 이야기들이 우리 사회에 떠도는데, 이는 모두 유령처럼 실체가 없는 이야기이다.

중국에는 그럴 권리가 없고, 중국이 감히 그런 생각을 하지도 않을 것이다. 그런 이야기를 퍼뜨리는 사람들은 우리나라가 막 식민지 상태에서 벗어나 강대국들 입맛대로 요리되던 시대에 살고 있다는 착각을 하고 있지 않은지 되돌아보기 바란다. 한반도의 분단이 냉전과 국제권력정치의 산물이었지만, 분단을 극복하고 통일을 성취하려고 하는 이 시점에서 주변 나라들은 국제권력정치의 당사국들이 아니라 우리 민족의 통일을 지원하고 도와주어야 할 관계국들일 뿐이다.

중국은 어떤 일이 있어도 북한 편을 들고 또 그럴 수밖에 없는 나라인가.

그렇지 않다. 중국은 이미 우리나라와 폭넓은 이해관계를 맺고 있다. 중국이 북한과 맺고 있는 이해관계와 비교하면 백배 이상 이를지도 모른다. 중국은 지난날 북한과 이념적 동지였고, 한국전쟁에서 동맹으로 참전한 역사적 배경을 갖고 있다. 하지만 중국은 그 이념과 체제를 끊임없이 진화시켜 현재 북의 이념이나 체제와는 거리가 멀다. 중국이 전쟁에 말려든 것 또한 지나간 과거일 뿐이다.

중국이 앙상한 뼈대로 남아있는 북의 이념이나 체제, 또 지나간 추억을 위해 국제사회의 통념이나 우리의 기대를 저버리고 북을 두둔하는 어정쩡한 태도를 보이고 있는 것은 아니다. 나의 판단으로는 미국과의 미묘한 관계 때문에 북이라는 변수를 자신들의 정치외교적 지렛대로 활용하고 있을 뿐이다.

중국이 북을 편들고 있는 현재의 행태는 불변不變이 아니다. 상황에 따라 언제든지 바뀔 수 있다. 또 북한을 편드는 일이 중국의 진정한 이해관계에 부합하는 것도 아니다. 따라서 우리가 한반도의 정세를 주도적으로 변화시키면서 중국을 설득하고 이해와 협력을 구해 나가면 된다.

중국은 과소평가할 대상이 아니다. 그렇다고 과대평가할 필요도 없다. 중국은 국가이익을 위해 합리적으로 행동하는 나라이지 낡아빠진 이념을 위해 교조적으로 행동하는 나라가 아니다. 또 중국은 어느 사이 미국과 함께 세계를 움직이는 G2가 되어 있는 나라이다. 우리는 중국이 자신의 위상에 맞게 책임을 다할 국가라는 믿음을 가질 필요가 있다.

한반도가 번영하는 나라로 통일을 이루는 것이 궁극적으로 중국의 이익에 부합한다는 사실을 누구보다 중국이 잘 알고 있을 것이다. 우리는 믿음을 갖고 중국과 깊이 있는 대화를 통해 중국의 협력 아래 통일의 길을 밟아가는 지혜를 발휘해야 한다.

(2010. 11. 30)

16
중국의 한반도 군사개입은 가능한가

　적지 않은 사람들이 북한에서 급변사태가 발생하고 우리가 통일을 도모할 때, 중국이 이를 저지하기 위해 군사개입을 할 가능성이 있다고 생각한다. 일부 책임 있는 인사들까지 무분별하게 이런 발언을 하여 언론에 보도되는 일도 있다. 외국 특히 중국 사람들이 그런 이야기를 들으면 어떤 생각을 할까. 참으로 민망한 일이다.

　한마디로 중국의 군사개입은 있을 수 없다. 이론적으로나 현실적으로 불가능한 일이다. 앞으로 이런 말 자체가 나오지 말아야 한다. 우리 민족의 자존을 우리 스스로 짓밟아서 될 일인가. 민족적 자존과 나라의 권위는 어떤 대가를 치르더라도 지켜야 할 가치이다.

북한이 군사적으로 도발하지 않는 한, 우리가 무력으로 북을 침공하지 않는다. 설사 북한과 중국 사이에 상호안보조약이 형식적으로 존재하고 있다 하더라도, 그 안보조약이 중국 군사개입의 근거가 되는 일은 없을 것이다.

1950년 북한은 무력으로 대한민국을 침공했다. 사전에 소련과 중국의 승인을 받았음은 물론이다. 유엔군의 참전으로 북한이 패배할 위기에 처하자 중국이 참전하였다. 소련은 유엔 회원국으로 참전이 불가능하였으므로 회원국이 아닌 중국이 참전하였던 것이다. 그러나 중국은 1971년 가입한 이래 유엔 회원국일 뿐만 아니라 안보리 상임이사국의 하나이다.

북한에서 급변사태가 발생하고 주민들이 평화적 통일을 결단하면 우리 정부는 통일을 위한 여러 조치들을 취해나갈 것이다. 이 과정에서 중국이 통일에 반대되는 행동을 할 이유도 없고, 그럴 국제법적 근거도 없다. 북한 지도부가 내부 혼란을 잠재우기 위해 중국에 군사개입을 요청할 경우를 가정하더라도, 우리 정부는 물론 국제사회가 중국의 군사개입을 절대로 용인하지 않을 것이다.

그런데 북한 내부의 혼돈상태를 그대로 방치할 경우, 인권이나 대량살상무기 확산 등 중대한 사태가 발생할 수 있어 부득이 외부로부터 군사작전이 필요한 단계는 상정할 수 있다.

이럴 경우 우선 우리 군대가 주도적으로 문제를 해결하고, 다음 단계로 유엔이 주도하는 군사작전이 있을 수 있다. 유엔이 과도적으로 평화유지군(PKO)을 파병할 경우 중국을 어떻게 참여시키느냐 하는 문제는 그때 결정할 일이다.

어떤 경우에도 중국이 자신의 깃발을 들고 군사개입을 하는 일은 있을 수 없다. 더욱이 우리 민족의 평화적 통일을 방해하거나 북한에 대한 종주권을 주장하고 나오는 일도 없을 것이다. 중국이 그런 주장을 할 근거가 없을 뿐만 아니라, 그런 주장은 중국의 진정한 국익에도 부합하지 않기 때문이다.

한반도에 대한 중국의 국익은 경제에 있다. 중국에게 한국은 세 번째 교역 상대국이다. 이에 반해 북한과의 교역은 무시할 정도의 수준이다. 평화적으로 통일된 한반도는 중국에게 훨씬 더 비중 있는 경제 파트너가 될 것이다. 중국은 한반도의 분단이 안보에서 자신들의 국익에 도움이 된다는 판단을 하고 있을지도 모른다. 그러나 개방과 개혁을 거부하고, 핵개발을 고집하여 국제사회로부터 고립과 갈등을 심화시키는 북한을 중국이 두둔하는 데에 한계를 느낄 것이다.

나는 중국을 신뢰한다. 무엇이 진정한 국익인가를 합리적으로 판단하고, 우리 민족의 통일 의지를 존중해 줄 것으로 믿는다. 중국에게는 1979년 베트남을 침공했다가 2만여 명의 막대한 인명손실을 입은 채 물러선 뼈아픈 역사가 있다. 그런 어리석음을 되풀이 할 중국이 아니다.

중국을 비롯한 이웃 나라들에게 우리는 분명한 메시지를 전달해야 한다. 통일은 우리 민족의 신성한 권리로서 어떤 나라도 이를 가로막을 권리가 없다는 것을. 나아가 통일된 한반도는 이웃 모든 나라의 국익에 부합하며 그들에게도 축복이 된다는 사실을 잘 인식시켜야 한다.

(2011. 4. 1)

17
통일 후
보복은 없다

북한이 남북 군사회담을 열자고 서두른다. 조만간 예비회담이 열릴 모양이다. 어떤 경우에도 대화의 문은 열려 있어야 한다. 우리가 북한에 대해 보복공격을 하는 순간에도 대화 자체를 거부할 필요가 없다. 문제는 북의 의도와 전략을 알고 더 크게 우리의 목적을 달성하면 된다. 우리 군은 그런 전략을 가지고 당당하게 대화에 나설 일이다.

북한은 그들 말대로 선군정치를 하고 있다. 군이 모든 걸 좌지우지한다는 말이다. 김정일은 군과 함께 군의 이해를 대변하고 있을 가능성이 크다. 그래서 군이 나오는 회담은 곧 김정일이 나오는 것과 크게 다르지 않다. 우리가 걸핏하면 남북 정상회담을 말하는데, 이번 군사회담을 잘 활용하면 정상회담과 크게 다를 것이 없는 셈이다. 그러므로 정부는 국방차원에서만 이번 회담을 준비하지 말고 북한 전체에 보내는 메시지를 준비해야 할 것이다.

우리는 북한에 대해 천안함 폭침과 연평도 포격 도발에 대한 사과와 재발방지를 요구하고 있다. 그들이 진심으로 사과와 재발방지를 약속하고 실천한다면 이보다 좋은 일은 없을 것이다. 그러나 강요에 못 이겨 전술적 차원에서 형식적인 약속을 한다면 무슨 의미가 있을 것인가. 따라서 이를 군사회담의 전제조건으로 삼을 필요는 없다. 그보다는 그들이 다시 한 번 도발을 감행할 때 우리가 어떤 보복조치를 단행할 것인지에 대하여 분명한 메시지를 전달하는 것이 중요하다.

눈앞의 중차대重且大한 목표는 북한의 비핵화이다. 핵무장은 군부가 주도하고 있고, 여러 정황으로 볼 때 김정일이 군부의 동의 없이 핵을 포기하는 것은 불가능하다. 그러므로 북한군을 상대로 비핵화 문제를 단호하고 끈기 있게 다루는 일이 중요하다. 비핵화가 오히려 북한의 체제유지에 유리하다는 점을 설득해야 한다. 핵무장을 고집하며 제3차 핵실험을 강행할 때, 그들이 어떤 대가를 치르게 될 것인지에 대한 단호한 메시지를 전해야 한다.

북한체제가 막다른 골목에 처해 있다는 사실은 아무도 부정할 수 없다. 북한체제 엘리트들은 어떨까. 나는 그들이 더 잘 알고 있으리라 믿는다. 하지만 체제가 무너지고 통일이 이루어지면 그들은 설자리를 잃고 정치보복에 직면할 것을 두려워하고 있다. 그래서 핵무장을 체제유지의 마지막 희망으로 믿고 밀어붙이는 것이다.

그러나 생각해보자. 독일의 경우를 보아서도 알 수 있지만 통일 후 보복은 없다. 통일 독일은 살인 같은 극단적 범죄 이외에는 광범위한 사면을 단행했다. 또 동독체제의 지배 엘리트들이 통일된 독일을 위해 봉사할 기회를 배제하지 않았다. 우리는 보복을 위해 통일하려는 것이 아니다. 분단의 고통이 더 깊고 길었던 만큼, 우리는 통일 후 독일 보다 더 광범위한 사면조치를 해야 한다. 또 통일 조국을 건설하고 경영하는 일에 북한체제 엘리트들이 폭넓게 참여의 기회를 얻을 수 있도록 기회도 보장해야 한다. 특별히 그런 기회를 박탈할 이유가 없는 것이다.

이번 회담에서 평화통일 이후 북한체제 엘리트들이 어떤 보복이나 불이익에 빠지지 않는다는 부동不動의 메시지를 전달하는 문제를 심각히 고려해주었으면 한다. 대한민국은 온 겨레가 하나로 단결하고 통합하여 미래를 향해 자랑스러운 나라를 건설하기 위해 통일하려고 한다. 결코 과거를 향해 보복할 목적으로 통일하려는 것이 아니다. 우리는 이번 회담에서 이 사실을 몇 번이고 강조할 필요가 있다. 그래서 그들이 통일에 대한 두려움을 버리고 희망을 갖게 될 때,

통일의 광장에 여명이 밝아 올 것이다.

　다시 말하지만 북한은 군이 지배한다. 그러므로 군사회담은 곧 북한 전체를 상대로 하는 회담이다. 통일이라는 큰 전략을 가지고 당당하고 끈기 있게 임하면 된다. 한 번에 큰 성과를 얻는다는 기대는 금물이다. 두드리고 또 두드리면 통일의 문은 열리게 되어 있다.

(2011. 2. 1)

18
통일은
국제정치의 문제인가

한반도 통일은 국제정치를 통해 해결될 문제인가. 아니다. 통일은 우리 민족의 자주적 결단에 의해 성취될 문제이다.

많은 사람들은 한반도 분단과 전쟁이 냉전이라는 국제정치의 산물이었기 때문에 통일 또한 주변 강대국의 합의에 의하지 않고 이루어질 수 없다는 인식을 갖고 있다.

하지만 분단과 전쟁을 지배했던 국제적 냉전은 완전히 해소되었다. 더 이상 분단을 강요할 국제정치의 함수관계는 존재하지 않는다.

1989년 2월 그러니까 동독이 무너지기 9개월 전, 나는 서독을 방문하여 내독성(우리나라 통일부에 해당) 관계자를 만난 일이 있다. "독일 통일은 언제쯤 가능합니까?" 나의 물음에 그 관계자는 이렇게 대답했다. "소련이 망하든지, 미국이 망해야 가능하지 않겠습니까?"

그 말에는 두 가지 의미가 있다고 생각했다. 하나는 냉전이 해소되기 전에 독일 통일은 사실상 불가능하고, 또 하나는 독일 분단 당시 독일 통일은 미, 소, 영, 불 승전 4개국의 동의가 있어야 가능하다는 국제조약이 존재하고 있어 미국과 소련이 대립하는 상황에서는 네 나라의 동의를 얻는 것이 불가능하다는 의미였으리라.

하지만 당시 동구의 냉전은 봄눈처럼 녹아내리고 내부적으로는 소련의 해체가 깊숙이 진행되고 있었다. 같은 해 11월 동독 주민들이 마침내 통일의 결단을 내리자, 서독 수상 헬무트 콜은 동분서주하며 네 나라의 동의를 얻어 통일을 완성할 수 있었다. 내독성 관계자의 말이 맞았던 것이다.

한반도 분단에는 국제사회의 동의가 있어야 통일이 가능하다는 국제조약도, 분단을 강요했던 냉전적 세력관계도 더 이상 존재하지 않는다. 그러므로 한반도의 통일은 국제정치의 문제로만 돌릴 어떤 이유도 없다. 통일은 순전히 우리 민족 내부의 문제인 것이다.

다만, 국제사회는 한반도 통일에 관하여 이런저런 이해관계를 갖고 있을 것이다. 우리가 통일에 관한 결단을 내리게 되면 이해관계를 가진 나라들이 국익을 극대화하기 위해 나름대로 역할을 하려 할 것은 분명하다. 국제사회의 협력을 이끌어 내고, 각 나라들과의 이해관계를 조율하는 문제는 우리가 감당해야 할 몫이다.

결론을 말해보자. 한반도 통일의 주主는 우리 민족이고, 종從은 국제사회이다. 한반도의 통일이 우리 민족뿐만 아니라 주변 나라, 나아가 인류사회에 축복이 될 수 있다는 신념을 가지고 의연하게 국제사회의 지원과 협력을 이끌어내면 된다. 한반도 통일과 관련하여 더 이상 국제사회의 눈치를 살피는 어리석음이 있어서는 안 될 일이다.

(2011. 2. 24)

19
연방제 통일은
가능한가

　최근 들어 북한의 선전선동에서 통일이라는 구호가 사라졌다. 그러나 과거 북한은 줄기차게 고려연방제 통일방안을 주장해 왔다. 고려연방제의 핵심은 남과 북의 현 체제를 두 개의 지방정부로 하고, 남과 북이 합의하여 연방을 구성한 다음, 여기에 군사, 외교 주권 등을 이양하자는 것이다.

　북한은 몇 차례 연방제의 내용을 수정하였는데, 한때는 남과 북의 지방정부가 잠정적으로 외교, 군사주권을 계속 행사해도 좋다는 이른바 '낮은 수준의 연방제' 주장을 하기도 하였다. 2000년 6월 평양을 방문한 김대중 전 대통령과 김정일 사이에 이 '낮은 수준의 연방제'와 대한민국이 주장해온 '국가연합' 사이의 공통점을 인정하고,

이 방향에서 통일을 지향하자는 합의를 한 바 있다.

김 전 대통령은 평소 통일방안으로 '공화국 연방제'를 주장했기 때문에 이 합의를 위해 김정일을 열심히 설득하였다고 한다. 그러나 이질적인 남북 체제 사이에 사실상 연방제가 불가능하며, 또 대한민국이 주장하는 국가연합은 두 체제의 완전한 통합을 위한 짧은 과도적 단계로 상정한 체제라는 점을 간과하였다는 점에서, 처음부터 이 합의는 공허할 수밖에 없었다.

연방제 통일은 왜 불가능한가. 이질적이고 적대적인 두 체제가 외교, 군사주권을 연방정부에 위임하는 합의를 이루는 것은 꿈속에서는 몰라도 현실에서는 불가능하기 때문이다. 남북 예멘은 합의를 통해 외형상 통일을 이루면서 각각 군대를 보유하고 있다가 갈등이 폭발하여 군사충돌로 치달았다. 치열한 전투를 치른 후, 북 예멘이 승리하여 결국 무력으로 통일을 이룬 셈이다.

독일은 본래 연방국가다. 연방을 구성하는 주Land는 주권을 갖고 있으며, 연방에 일부 주권을 이양하고 있다. 나는 통일 전 서독 내독성 관계자에게 동독의 5개 사회주의 주와 서독의 9개 자본주의 주가 통일 연방을 구성하면 되지 않느냐는 질문을 한 바 있다. 그는 불가능한 일이라고 잘라 말했다. 사회주의 동독은 지방분권을 인정하지 않는다는 것이다. 통일 후 독일은 동일한 체제의 15개 주와 베를린이 참여하는 연방국가로 재탄생되었다.

연방제와 비슷한 개념으로 일국양제一國兩制가 있다. 중국은 홍콩의 주권을 회복하면서 혼란을 막기 위해 50년간 홍콩의 사회, 경제체제를 그대로 인정하였다. 대만에 대하여는 통일이 되면 대만의 사회, 경제체제를 그대로 인정한다는 메시지를 보낸다. 중국은 한반도 통일에 관하여도 비공식적으로 일국양제를 내비치고 있다.

그러나 중국의 경우는 일방의 완전한 우위를 전제로 한다. 중국의 군사, 외교 주권을 불가침의 존재로 인정하고 흡수되는 지역의 사회, 경제체제를 과도적으로 용인한다는 취지이다. 중국은 궁극적으로는 하나의 체제를 지향하고 있다. 그러므로 첨예한 갈등과 대립 속에 있는 한반도에 이 아이디어는 적용되기 어렵다. 한반도는 민족 구성원의 결단에 의해서 하나의 체제, 하나의 국가로 통일을 이룰 수밖에 없다. 우리 민족구성원의 결단이 남아 있을 뿐이다.

이렇게 연방제니, 일국양제니 하는 개념은 비현실적이다. 더 이상 이런 이론적 유희遊戲에 시간과 정력을 허비하지 말아야 한다. 통일은 탁상에서 이론으로 결정되지 않는다. 우리 민족 구성원의 가슴에서 끓어오르는 열정과 미래를 향한 비전을 통해 통일은 참모습을 드러낼 것이다.

(2011. 3. 11)

20
흡수통일논쟁의 실체

이번 국회 대정부 질문에서 국무총리는 우리 정부가 흡수통일을 추진한 일이 없고 그럴 생각도 없다는 취지의 답변을 하였다. 신통하게도 총리의 이 말에 북한이 즉각적인 반응을 보였다. 흡수통일을 하지 않는다는 것을 말이 아니라 행동으로 보이라고 요구한 것이다.

거슬러 올라가 보자. 1990년 동독이 서독체제에 편입되는 방식으로 통일을 이루자, 놀란 북한이 엉뚱하게도 우리를 향해 '독일식 흡수통일'을 단념하라고 억박지르기 시작했다.

예나 지금이나 독일 국민은 자신들의 통일을 흡수통일이라고 규정한 사실이 없다. 낡은 체제를 거부한 동독 주민들이 스스로 동독 공산당(통일 당시의 이름은 통일사회당) 지배를 불법화하고 서독 체제로의 편입을 결정하였을 뿐, 서독이 이를 강제하지 않았다.

사정이 이런데도 북한은 마치 독일통일이 서독의 흡수통일 정책의 산물인 것처럼 규정하고, 우리를 향해 흡수통일정책을 포기할 것을 줄기차게 요구하였다. 그리고 마침내 김대중 정권이 들어선 후 우리 정부로부터 흡수통일을 도모하지 않겠다는 답변을 얻어내는 데 성공한다. 김대중 정권의 뒤를 이은 노무현 정권에서도 정부는 기회 있을 때마다 흡수통일은 없으며, 나아가 북한체제가 무너지면 안 된다는 메시지를 내외에 천명하였다.

앞서 말한 대로 독일통일은 동독 주민들의 주권적 결단에 의해 구체제를 무너뜨리고 서독체제에 편입함으로써 이루어진 역사적 사건일 뿐, 서독정부가 설계한 정책을 집행한 결과가 아니었다. 북한은 이점을 오해하지 말아야 한다. 북한의 주인은 북한 주민이지 체제 엘리트가 아니다. 통일이라는 역사적 사변은 주인인 북한 주민의 결단에 의해 이루어질 것이다. 북한 주민이 선택할 일이다.

시민혁명으로 궁지에 몰린 카다피가 "리비아는 카다피의 나라다"라는 궤변을 늘어놓아 세계의 비웃음을 사고 있다. 북한 체제 엘리트들은 현실을 똑바로 보고 절망에 신음하는 북한 주민을 주인으로 섬기기 바란다. 동독 주민들이 오죽했으면 스스로 체제를 허물고, 반세기 가까운 공산당 지배를 불법화하였겠는가. 북한 당국이 진심으로 독일식 통일을 피하고 싶다면 지금이라도 주민을 주인으로 섬기면서 낡고 병든 체제를 스스로 개혁해야 할 것이다.

한반도 통일은 눈앞에 다가와 있다. 이 말은 북한 주민을 포함한 우리 민족 구성원들이 통일이라는 대★ 결단을 내릴 시기가 임박하고 있다는 의미이다. 남과 북의 체제 엘리트들은 이 주권적 결단을 존중하고 받들어야 한다. 독일식 흡수통일을 포기하라는 북한의 주장은 실체가 없는 공허한 주장이자, 동시에 분단을 영구화하자는 주장에 불과하다. 그러므로 이 헛된 주장은 통일을 결단할 민족 구성원의 열망에 찬물을 끼얹는 행동이다.

북한의 흡수통일 논쟁에 휘말려 맞장구를 쳤던 과거 정권의 잘못을 이 정권이 되풀이해서야 되겠는가. 장담할 수 없지만 한반도 통일이 꼭 독일통일과 같은 방식으로 진행되지는 않을 것이다. 그렇지만 정치적 자유와 경제적 번영 그리고 활력이 넘치는 복지가 보장되는 체제를 향해 통일의 결단이 이루어질 것은 분명하다.

정부는 물론 우리 국민도 '독일식 흡수통일'의 허구성을 잘 이해하고, 더 이상 무익한 논쟁에 휘말리는 일이 없도록 해야 할 것이다.

(2011. 3. 3)

21
통일은 빠를수록 좋다

많은 사람들이 통일에 관하여 아직도 불안감을 떨치지 못한다. 특히 갑작스럽게 빨리 오는 통일에 관하여 공포에 가까운 두려움을 갖고 있다. 과연 그럴까. 결론은 전혀 그렇지 않다는 것이다.

공포의 첫 번째 근거는 갑자기 통일이 되면 북한 주민들이 물밀듯 남한으로 탈출하여 대혼란이 일어난다는 생각이다. 물론 지금도 북한주민들의 탈출은 계속되고 있다. 김정일 정권이 단속하지 않는다면 상황은 더 심각해질 가능성이 크다.

그러나 통일이 되면 정부의 적절한 정책을 통하여 북한 주민들의 대책 없는 탈출 추세를 신속하게 안정시킬 수 있다. 절박한 식량 문제를 우선 해결하면서 농지와 주거를 무상으로 분배하면 1, 2년 안에 농업생산은 두 배 가까이 증가할 것이다. 중국이 1978년 집단농장을 폐지하고 도급제 농업으로 전환하는 개혁을 단행하여 식량문제를 일거에 해결하지 않았던가.

독일의 경우에도 젊고 기술 있는 젊은이들이 취업을 위해 서독으로 밀려온 일이 있다. 그러나 이들도 대부분 서독의 노동 강도強度 때문에 견디지 못하고 되돌아갔다고 한다. 통일 20년이 지난 지금 동독지역의 인구가 500만 명 정도 줄었지만, 이는 일자리를 중심으로 한 질서있는 인구이동으로서 서독지역을 혼란에 빠트린 일이 없다.

두 번째 근거는 우리가 가난한 북한 주민들을 먹여 살리다 보면 현재 2만 달러의 소득이 1만 달러 수준으로 떨어지지 않을까 하는 우려이다. 그러나 통일의 경제학에서 두 지역의 소득은 산술평균을 거친 중간에서 결정되지 않았다. 낮은 지역 소득이 높은 지역의 소득을 향해 빠른 속도로 증가하고, 높은 지역 소득 또한 더 빠른 속도로 성장했다.

독일 통일 당시 서독 주민 소득은 약 3만 달러, 동독 주민 소득은 약 6천 달러였다. 1989년 갑자기 통일이 이루어졌지만, 이후 서독지역 주민 소득이 뒷걸음을 친 사실이 없다. 오히려 서독 지역의 경제 성장이 빠른 증가추세를 보여 인플레를 우려한 정부가 성장 억제정책을 썼다.

반면, 동독 지역 주민 실질소득은 가파르게 증가하여 약 10년이 지난 뒤에는 서독 지역 주민 소득의 92%에 육박하였다. 그 후 여러 사정으로 동독 지역 경제가 침체하고, 또 능력 있는 젊은이 중심으로 약 500만 명이 서독 지역으로 이주하여 단순 비교는 어렵지만, 더 이상 동서독의 주민 소득을 구분할 필요가 없다.

독일은 16개 주州, Land로 구성된 연방국가로서, 각 주는 독립된 주권과 문화적 배경을 갖고 있다. 그러나 한반도는 중앙집권적 국가로서 통일이 되면 북한 지역의 발전은 동독 지역보다 훨씬 빠르게 진행될 것이 분명하다. 이에 따라 북한 지역 주민 소득도 빠르게 증가하여 10년 안에 남한 지역의 주민 소득과 거의 같아지지 않을까. 물론 남한 지역 주민 소득도 빠르게 증가하여, 골드만삭스의 경제 분석 보고처럼 통일한국의 GDP는 30~40년 안에 프랑스, 독일 그리고 일본까지도 추월하게 될 것이다.

통일은 빠르면 빠를수록 좋다. 분단비용은 빨리 사라지고, 통일의 이익과 기회는 더 많이 확보할 수 있을 것이니 말이다. 어떤 사람들은 준비 없는 통일은 안 된다고 말한다. 물론 치밀하게 준비하는 것도 중요하지만, 그보다 더 중요한 것은 때를 놓치지 않고 통일을 성

취하는 일이다. 언제 통일의 때가 올지 모르지만 통일의 첫걸음을
빨리 떼는 것이 중요하다.

(2011. 3. 21)

22
아시아-태평양 시대의 전개와
통일 한반도

한반도의 평화와 통일, 아시아의 협력과 번영 그리고 아태시대의 밝은 미래를 염원하는 소망을 안고 자리를 함께 하신 세계의 석학, 전문가 여러분께 감사와 경의를 표합니다.

저는 1988년부터 지금까지 국회의원, 중앙정부 장관, 그리고 지방 정부 도지사로 일하면서 어떻게 하면 하루빨리 한반도의 냉전을 해체할 수 있을까를 고민해온 정치인의 한 사람입니다. 특히 155마일 휴전선의 절반과 접하고 있는 경기도지사로 일할 때, 한반도 분단이 얼마나 무의미하고 소모적인가를 생생하게 절감했던 기억이 새롭습니다.

독일이 국제적 냉전의 해체와 동시에 통일의 기회를 움켜쥐었지만, 우리는 그 기회를 그냥 흘려버렸습니다. 그러나 이제 아태시대가 열리고 있습니다. 이 새로운 시대의 아침 햇살은 필연적으로 한반도에 남아있는 냉전의 얼음을 녹일 것이고, 또 반드시 녹여야 합니다. 저는 이 포럼이 그 시기를 앞당기는데 크게 기여하리라는 믿음을 갖고 여기에 왔습니다.

올해로 한국과 캐나다는 수교 60주년을 맞이합니다. 캐나다는 한국전쟁 당시 육, 해, 공군을 파병하여 우리를 도왔고, 한국의 산업화 과정에서 언제나 협력적이고 보완적인 파트너였습니다. 그리고 지금은 두 나라 모두 세계 10위권의 경제력을 자랑하는 중견국가Middle Power로 성장하였습니다. 이런 역사적 배경과 더불어 한국과 캐나다는 태평양을 사이에 두고 마주 보는 지정학적 위치에 있고, 또 한국은 중국, 캐나다는 미국이라는 강대국과 살을 맞대고 있습니다.

그러므로 두 나라는 숙명적으로 손을 잡고 아태시대를 평화와 번영으로 견인해야 합니다.

오늘 세계의 석학들이 아태시대의 미래를 논하는 포럼을 이곳 캐나다에서 열고 있는 것은 그런 의미에서 결코 우연이 아니라고 생각합니다.

중국은 1978년 본격적인 개방, 개혁을 실시한 이래 초고속 성장을 거듭하여 이미 미국과 함께 G2가 되었습니다. 앞으로 얼마나 더 큰 초강대국Super Power으로 성장할는지 알 수 없습니다. 얼마 전 권력을 승계한 새 지도자 시진핑은 세계를 향해 중화 민족의 부흥을 선언하였습니다. 미국과 중국은 시간이 흐를수록 협력과 경쟁의 밀도를 높여나가면서 때로는 그 파열음이 주변 나라들을 불안하게 만들기도 합니다. 두 나라가 태평양의 패권을 놓고 충돌하는 최악의 사태는 오지 않을까요? 그것은 오직 아태시대가 어떤 모습으로 전개될 것인가에 달려있다고 생각합니다.

냉전시대 일본은 미국 다음으로 압도적인 경제대국이었습니다. 그러나 중국의 부상과 정반대로 일본은 오랫동안 불황의 늪에 허덕였습니다. 최근 집권한 아베 정부는 국가주의 성향을 노골화하면서 역사, 영토, 경제 분야에서 거침없이 공격적 행태를 보이고 있습니다. 일본 국민의 집단적 스트레스가 국가주의 에너지로 폭발하는 것은 아닌지, 주변 나라의 우려는 커지기만 합니다. 과연 일본은 아태시대의 긍정적인 동반자가 될 준비를 하고 있는지 걱정스러운 상황입니다.

미국과 캐나다는 대서양과 태평양을 아우르는 광대한 국가로서 아태시대를 주도할 중요한 나라들입니다. 산업혁명 이래 인류문명은 유럽과 대서양 연안 국가들에 의해 선도되었습니다. 그러나 그 시대는 이미 막을 내리고 있습니다. 세계경제성장 원천과 동력의 중심이 아시아와 태평양으로 이동하고 있으며, 동양의 정신적 유산이 새 시대를 이끄는 가치의 중심으로 떠오르고 있기 때문입니다. 북미대륙의 두 나라가 다른 지역보다 먼저 이 시대의 전환을 감지하고 대응하는 것은 너무도 당연한 일입니다.

러시아는 유럽대륙과 아시아대륙에 걸쳐있는 광대한 영토를 가진 나라입니다. 원래 러시아는 유럽 국가였고, 시베리아 개발을 통해 아시아 국가가 된 것은 근세의 일입니다. 그러나 현재 러시아는 저개발상태로 남아있던 시베리아 개발을 서두르고 있습니다. 작년 9월 9일, 블라디보스톡에서 열린 APEC정상회담은 시베리아 개발을 통해 아태시대의 주역이 되고자 하는 러시아의 열망이 표출된 이정표였다고 생각합니다.

이렇게 아태시대를 주도할 나라들은 미국, 중국, 러시아, 일본, 캐나다 그리고 한국입니다. 그러나 한반도는 아직도 냉전의 얼음에 갇혀 있습니다. 분단된 한반도는 아태시대의 여명에 어떤 먹구름을 드리우고 있는 것일까요? 통일된 한반도는 아태시대에서 어떤 역할을 감당해야 하는 것일까요? 지구상 냉전의 마지막 잔재를 어떻게 하면 평화적으로 또 신속하게 녹일 수 있을까요? 이번 포럼이 한반도의 통일을 지지하고 아태시대의 화려한 개막을 소망하는 모든 사람들 가슴에 영감, 열정, 용기를 가득 채워줄 수 있다면 그보다 더 좋은 일은 없다고 생각합니다.

동북아시아의 세 나라인 한국, 중국, 일본 사이에는 긴장감이 점점 높아지고 있습니다. 역사문제, 영토문제에 이어 일본이 충격적인 양적 완화정책을 추진하면서 외환시장, 무역시장이 크게 요동치고 있습니다. 일본에 의해 가히 환율전쟁이 터졌다고 말할 수 있습니다. 유럽은 경제통합에 이어 정치적 통합을 향해 나아가고 있고, 북미대륙도 통합에 속도를 내고 있는 상황에서 동북아의 주역인 이들 세 나라는 거꾸로 대립과 분열을 지향하고 있어 안타깝기만 합니다. 참으로 아시아의 역설Asia Paradox이 아닐 수 없습니다.

우리가 진정한 아태시대의 도래를 바란다면, 이 대립과 분열의 흐름을 하루빨리 협력과 통합의 흐름으로 바꾸어 놓아야 합니다. 과연 어떤 나라가 그 촉매제 역할을 할 수 있을까요. 바로 한국입니다. 그것도 통일된 한반도만이 강력한 리더십을 발휘할 수 있을 것입니다. 북한이 쉬지 않고 도발을 저지르고 있는 상황에서 동북아에 진정한 평화, 협력의 기운이 솟아오르는 일은 불가능하기 때문입니다.

저는 지난달 중국 요령성 여순 감옥을 방문하여 안중근 의사가 순국한 현장을 살필 기회를 가졌습니다. 그가 '동양평화론'을 집필한 감방도 그대로 있었습니다. 그는 한국, 중국, 일본이 항구적인 평화를 유지하려면 공동의 화폐, 공동의 의회, 공동의 군대를 가져야 한다고 설파했습니다. 유럽에서는 1차, 2차 세계대전의 참화를 겪고 나서 영국의 윈스턴 처칠이나 프랑스의 장 모네Jean Monnet에 의해 유럽 통합의 비전이 제시되었는데, 안중근은 32세의 청년으로 그보다 35년이나 앞서 죽음을 앞에 두고 동북아 통합의 비전을 제시하였다니, 참으로 믿기 어려운 일입니다.

박근혜 정부는 한반도 신뢰 프로세스의 일환으로 동북아평화협력구상The North East Asia Initiative for Peace & Cooperation을 주창합니다. 한반도를 둘러싼 여러 나라들이 평화와 번영을 위한 협력의 틀을 만들어 함께 노력하면 핵문제를 비롯한 한반도문제 해결에 결정적 도움이 될 뿐만 아니라, 장차 동북아공동체로 발전해나갈 수 있다는 것입니다. 이는 안중근 의사가 제시한 비전의 첫걸음이라고 생각합니다. 우리는 과연 이 원대한 비전을 공유하고 의미 있는 첫걸음을 옮길 수 있을까요?

앞서 말씀드린 아시아의 역설을 풀어내고 동북아평화협력구상을 실천에 옮기려면, 우선 극단적으로 격화되고 있는 한반도상황을 긍정적인 방향으로 돌려야 합니다. 최근 북한정권이 감행한 장거리 미사일과 3차 핵실험은 세계 평화에 대한 엄중한 도발이자 국제사회에 대한 정면충돌입니다. 과연 북한정권의 의도대로 국제사회가 북한 핵보유를 기정사실화 할 수 있을까요? 그들이 주장하는 대로 미국이 북한과 핵 군축회담에 나설 수 있을까요? 중국이 국제사회의 여망을 등지고 언제까지 북한정권을 비호할 수 있을까요? 미국, 중국을 비롯한 국제사회는 북한정권의 도발을 용인하지도 않을 것이고, 또 용인해서도 안 될 것입니다. 이제 상황은 돌이킬 수 없는 선을 넘어섰고, 어느 한쪽의 의도는 부서질 수밖에 없습니다.

최근 하버드대 경제사학자 니얼 퍼거슨Niall Ferguson은 중국의 새 지도부가 중국이 북한을 포기함으로써 감수해야 하는 비용과 이를 통해 얻을 수 있는 이익에 대한 새로운 셈법을 진행 중이라고 밝혔습니다.

주지하는 바와 같이 한반도 분단은 냉전이라는 국제정치의 산물입니다. 분단의 배경인 냉전이 사라진지 20년이 훌쩍 넘었습니다. 북한정권이 조성한 이 극단적 정세 하에서 이제 국제사회는 한반도에만 남아있는 국지적 냉전을 해체하는 일에 나서야 하고, 또 나설 수밖에 없을 것입니다.

한반도의 냉전 해체가 동북아의 협력과 번영의 기폭제가 되고, 나아가 희망 넘치는 아태시대의 도래를 약속하는 것이라면, 국제사회의 공조에는 큰 난관이 없으리라고 생각합니다.

그러나 한반도의 냉전 해체와 평화적 통일의 주체는 당연히 대한민국 그리고 남북한은 물론 해외에 살고 있는 한민족입니다. 우리는 북한 정권이 지금이라도 잘못된 노선을 버리고 국제 사회의 책임있는 일원으로 나서기를 바랍니다. 그러나 이는 그들이 결단해야 가능한 일입니다.

박근혜 정부는 북한의 핵보유를 결코 인정하지 않으며, 한반도 비핵화를 관철한다는 목표를 분명히 하고 있습니다. 이는 한반도가 통일을 성취하고 아태시대의 주역이 되기 위해 선택한 올바른 결정이라고 생각합니다. 비핵화를 위해 박근혜 정부는 북한과 작은 일에서부터 신뢰를 쌓아가고, 국제사회와의 협력과 공조를 강화한다는 전략을 세워 실천하고 있습니다.

저는 한반도 통일이 아주 가까운 장래에 이루어질 것으로 확신하는 사람입니다. 물론 통일을 위해 우리 민족의 에너지가 결집되고 한국정부의 끈질긴 노력이 필요합니다. 나아가 국제사회의 이해와 협력이 전제됨은 물론입니다. 앞서 말한 퍼거슨 교수는 앞으로 8년 안에 통일이 이루어질 것으로 전망하면서, 적어도 2020년 안에 북한이라는 나라가 지구상에 존재하지 않을 것이라는 점은 확실하다고 단언하였습니다. 우리는 미래를 점치는 것이 아니라 역사의 필연적인 변화를 통찰하고 이를 선점해야 합니다. 국민의 자유와 생존을 돌보지 않는 극단적인 체제는 어느 순간 붕괴의 운명을 맞을 수밖에 없을 것이기 때문입니다.

한반도 통일은 남북한을 포함하여 우리 민족 모두에게 고통이 아니라 축복이 될 것입니다. 통일은 평등하게 미래를 향하여 더 큰 나라로 창조되는 과정일 뿐, 차별, 보복, 예속을 의미하지 않습니다. 독일통일에 관하여 우려도 많았지만 통일을 통하여 독일은 더 강해졌고, 동독주민들에게 어떤 차별도 가해지지 않았습니다. 통일 16년 만에 동독출신 총리, 20년 만에 동독출신 대통령이 등장했다는 사실이 이를 웅변으로 말해줍니다.

한반도가 통일되면 통일한국의 경제력은 우리의 상상 이상으로 크고 빠르게 성장할 것이 확실합니다. 세계적 투자은행 골드만 삭스는 한반도가 통일을 이루면 30년 내지 40년 안에 프랑스와 독일의 경제력을 앞설 수 있고, 일본의 경제력을 앞서는 것도 가능하다는 분석을 이미 내놓은 바 있습니다.

한반도 통일은 우리 민족 뿐만 아니라 동북아 여러 나라, 나아가 인류 사회에 축복이 될 것입니다. 독일 통일이 독일 민족은 물론 유럽 여러 나라에 축복이 된 것처럼 말입니다.

핵이 없는 통일 한반도는 경제성장을 거듭하면서 동북아 통합의 구심점이 되고 아태시대를 견인하는 역할을 감당할 것입니다. 평화를 선도하고 경제협력, 문화교류를 통하여 갈등의 동북아를 통합으로 이끄는 역할은 통일한국의 숙명이 될 것입니다. 태평양을 앞마당으로 열리는 아태시대에 미국과 중국이라는 G2가 절묘한 균형을 유지하도록 하는 역할도 통일한국의 몫이 될 것입니다.

아태시대의 도래는 역사적 필연입니다. 그 미래에는 거대한 기회와 더불어 가혹한 시련과 도전이 기다리고 있을 것입니다. 태평양을 중심으로 하는 역내 국가들이 어떤 비전을 공유하고 어떤 전략으로 이 시대를 열어 가느냐에 따라 아태시대의 모습은 달라질 수밖에 없습니다.

저는 한반도의 통일이 갈등에 휩싸인 동북아를 협력과 통합으로 이끌 수 있고, 통일 한반도가 아태시대의 두 강자인 미국과 중국의 균형을 유지시키는 창조적 역할을 감당할 수 있다는 말씀을 드렸습니다. 아태시대가 역내 국가들은 물론 인류사회에 평화와 번영을 약속하는 축복이 되기 위하여 원대한 비전과 실천 가능한 전략을 이 포럼에서 많이 제시해주시기를 소망합니다.

감사합니다.

(2013. 6. 24 국제한민족재단 주최로
캐나다 밴쿠버에서 열렸던 국제심포지엄 기조연설)